未名译库·当代西方学术前沿丛书　曾军 主编

空间性

SPATIALITY

〔美〕罗伯特·塔利（Robert T. Tally Jr.）著

方英 译

著作权合同登记号　图字：01-2021-1438

图书在版编目(CIP)数据

空间性 /（美）罗伯特·塔利著；方英译. —北京：北京大学出版社，2021.9

（未名译库. 当代西方学术前沿丛书）

ISBN 978-7-301-32200-0

Ⅰ.①空…　Ⅱ.①罗…　②方…　Ⅲ.①文学研究 – 美国　Ⅳ.①I712.06

中国版本图书馆 CIP 数据核字(2021) 第 173264 号

SPATIALITY
© 2013 Robert T. Tally Jr.
All Rights Reserved. Authorised translation from the English language edition published by Routledge, a member of the Taylor & Francis Group.
Copies of this book sold without a Taylor & Francis sticker on the cover are unauthorized and illegal. Peking University Press is authorized to publish and distribute exclusively the **Chinese (Simplified Characters)** language edition. This edition is authorized for sale throughout **Mainland of China**.
本书中文简体翻译版授权由北京大学出版社独家出版并限在中国大陆地区销售。
本书贴有 Taylor & Francis 公司防伪标签，无标签者不得销售。

书　　名	空间性 KONGJIANXING
著作责任者	[美] 罗伯特·塔利（Robert T. Tally Jr.） 著 方　英 译
责任编辑	刘　爽
标准书号	ISBN 978-7-301-32200-0
出版发行	北京大学出版社
地　　址	北京市海淀区成府路 205 号　100871
网　　址	http://www.pup.cn　新浪微博：@北京大学出版社
电子信箱	nkliushuang@hotmail.com
电　　话	邮购部 010-62752015　发行部 010-62750672 编辑部 010-62759634
印　刷　者	三河市博文印刷有限公司
经　销　者	新华书店 650 毫米 ×980 毫米　16 开本　15.5 印张　370 千字 2021 年 9 月第 1 版　2022 年 1 月第 2 次印刷
定　　价	78.00 元

未经许可，不得以任何方式复制或抄袭本书之部分或全部内容。
版权所有，侵权必究
举报电话：010-62752024　电子信箱：fd@pup.pku.edu.cn
图书如有印装质量问题，请与出版部联系，电话：010-62756370

内容简介

空间性已成为文学研究和文化研究的关键词,它聚焦于"空间转向",为关于时间和历史的传统文学分析提供了一种新方法。

罗伯特·塔利通过探究文学研究中空间性的不同方面,向我们呈现了:

- 对整个文学理论领域空间转向的回顾,从历史主义和后现代主义再到后殖民主义和全球化。
- 关于空间性研究的重要理论家的介绍,包括吉尔·德勒兹、米歇尔·福柯、戴维·哈维、爱德华·苏贾、埃里希·奥尔巴赫、格奥尔格·卢卡奇、弗雷德里克·詹姆逊。
- 关于空间性的重要观点的讨论,如作为地图绘制者的作家,关于城市空间与乡村空间的文学,文学地理的相关概念,文学绘图与地理批评。

这本书清晰而有趣,既引人深思,又富启发性,将带领读者一同探索关于"空间"的文学和批评。

作者简介

罗伯特·塔利（Robert T. Tally Jr.）是美国得克萨斯州立大学英语系教授，美国"国家人文基金杰出教授"（NEH Distinguished Teaching Professor），美国"文学空间研究"（spatial literary studies）领军学者，麦克米伦出版社（Palgrave Macmillan）"地理批评与文学空间研究"系列丛书（"Geocriticism and Spatial Literary Studies Series"）主编，研究专长为：空间理论、地理批评、马克思主义文学理论与批评、19世纪美国文学、美国当代文学与文化批评。

主要学术著作：《处所意识：地方、叙事和空间想象》（*Topophrenia: Place, Narrative, and the Spatial Imagination*, 2019）、《弗雷德里克·詹姆逊：辩证批评工程》（*Fredric Jameson: The Project of Dialectical Criticism*, 2014）、《空间性》（*Spatiality*, 2013）、《全球化时代的乌托邦：空间、表征与世界体系》（*Utopia in the Age of Globalization: Space, Representation, and the World System*, 2013）、《麦尔维尔、绘图与全球化：美国巴洛克作家的文学绘图》（*Melville, Mapping and Globalization: Literary Cartography in the American Baroque Writer*, 2009）等专著。

主要主编作品：《文学空间研究：空间、地理与想象的跨学科进路》(*Spatial Literary Studies: Interdisciplinary Approaches to Space, Geography, and the Imagination*, 2020)、《教授空间、地方与文学》(*Teaching Space, Place, and Literature*, 2018)、《劳特利奇文学与空间指南》(*The Routledge Handbook of Literature and Space*, 2017)、《生态批评与地理批评：环境研究与文学空间研究的重叠地带》(*Ecocriticism and Geocriticism: Overlapping Territories in Environmental and Spatial Literary Studies*, 2016)等。

译者简介

方英，女，江西乐平人，1977年1月生。浙江工商大学外国语学院教授，英语语言文学、翻译（MTI）硕士生导师。华中师范大学文艺学博士，师从胡亚敏教授。2017年赴美国得克萨斯州立大学访学，与罗伯特·塔利教授合作研究文学空间理论与批评等问题。出版《小说空间叙事论》（2017），该书获浙江省第二十届"哲学社会科学优秀成果奖"；主编的 *Spatial Literary Studies in China*（Fang Ying, Robert T. Tally Jr.）将于2021年由麦克米伦出版社（Palgrave Macmillan）出版。在 *Interdisciplinary Studies of Literature*（A&HCI），《外国文学研究》《外国文学》《文艺理论研究》等期刊发表学术论文三十余篇，多篇论文被《新华文摘》、中国人民大学复印报刊资料全文转载或摘编。先后主持国家社科基金项目"文学空间批评研究"、教育部课题"小说空间叙事研究"、浙江省哲学社会科学规划立项课题"西方空间理论观照下的小说批评模式研究"等十余项课题。研究兴趣为文学空间理论与批评、叙事学、英美文学。

目 录

中文版序 …………………………………………… 1
绪　论　你所在的位置 ……………………………… 1
第一章　空间转向 ………………………………… 14
　　　　历史的视角 ……………………………… 21
　　　　制图学兴起 ……………………………… 25
　　　　现代哲学中的空间 ……………………… 34
　　　　历史的回归 ……………………………… 38
　　　　万物崩溃 ………………………………… 43
　　　　后现代隐含的新空间性 ………………… 47
　　　　文学的空间 ……………………………… 54
第二章　文学绘图 ………………………………… 56
　　　　作为地图绘制者的作者 ………………… 61
　　　　文类与文学时空体 ……………………… 69
　　　　形式与对现实的表征 …………………… 74
　　　　存在焦虑与地方感 ……………………… 81
　　　　认知绘图的美学 ………………………… 86
　　　　叙事与社会空间 ………………………… 95

第三章　文学地理 …… 100
- 地方的精神 …… 102
- 乡村与城市 …… 108
- 边缘的中心 …… 114
- "游荡者"的漫步 …… 120
- 文学史的新空间 …… 126
- 绘制文本地图 …… 136

第四章　地理批评 …… 141
- 空间的诗学 …… 143
- 空间的生产 …… 146
- 权力的空间 …… 150
- 城市行走：一首长诗 …… 161
- 性别化空间 …… 166
- 游牧思想与地理哲学 …… 171
- 聚焦地理的批评方法 …… 177

结语　他性空间 …… 184

术语表 …… 196

参考书目 …… 205

译后记 …… 221

中文版序

《空间性》中文版的出版,给了我重新审视其论点和构思的机会。为此,我心怀感激,既因为这次机缘,也因为方英教授的辛苦付出和优美译文。此书虽然于2011—2012年间完成,但它实则是多年阅读和思考的产物。因此,我希望把这本书献给我的研究生导师保罗·博韦(Paul A. Bové)教授。20世纪90年代,我和他就文学和批评理论问题展开了许多深入的讨论。事实上,这本书的主题和思想的最初萌芽甚至可以追溯到更早,到我的大学时代,甚至童年时代。那时,对哲学、地理和历史的痴迷,使我越来越意识到它们之间复杂的相互关联。许多学者指出,20世纪末、21世纪初的特点是空间的重要性日益增加,空间、地方和绘图问题以及更广泛的空间关系得到了更大关注。而最近的地缘政治发展证实了,甚至强化了这一观点。中国自身的快速时空转变,加上中国在日益相关的世界政治经济中所扮演的角色,使中国成为全球网络中最为关键的地点。如今,中国影响着世界各地的生活经验,并使这些经验成为可能。因而,中国也是思考当今时代的空间性影响的重要场所。

《空间性》的写作初衷是介绍"空间性"这一概念,并论证其在文学研究中的意义。作为介绍,本书着眼广泛,涉及诸多领域，但都没有深入到有些读者所期望的程度。作为介绍，本书亦有所局限，尤其就空间人文学科（spatial humanities）的新兴领域和多样化研究而言。在很大程度上，我并不多谈地理学家所从事的工作，包括文化地理学或文学地理学的子领域（因此，我对后一个术语的使用会显得有点怪，下文将会讨论）；我也很少提及与物理、数学或计算机科学有关的空间性著作；亦不考察利用地理信息系统（G. I. S.）开展的研究，而这个系统已然促成艺术与科学研究的许多新领域；在建筑、城市规划和区域发展方面，我也少有论述。此处仅举这几个以空间性为关键概念的学科为例。事实上，即使仅限于人文学科，我的注意力也主要集中在文学、哲学和批评理论，因而忽略了考古学、艺术与艺术史、传播学、电影、法学、语言学、音乐、宗教研究和戏剧等邻近学科的相关研究。还需指出的是，美国和英国以外的读者会发现，本书在选择所讨论的文本和作者时，很大程度上是以欧洲为中心的。这反映了我的学术背景主要局限于过去被误导性称作"西方文明"的领域，而对我来说，这又主要涉及范围更为有限的英语、法语和德语语言文学。事实上，以空间为导向的批评理论对这种人为的划分提出了极大质疑。因而，我非常感谢世界各地的许多批评人士指出了欧洲中心主义视角的弱点，同时将文学与文化研究拓展至更广泛、更具包容性的文本和理论体系。因此，作为一种理论介绍，《空间性》可以被当作未来研究的起点，而这必将有益地补充并超越其本身的思想和论述。

事实上，通过《空间性》，我将文学批评理论与实践描绘成一种绘图形式（a form of mapping），而这在一定程度上解释了本书的侧重和遗漏。作为一名作者、编辑和教师，多年来，我一直在努力倡导突显空间、地方和绘图重要性的各种文学、文化研究方法。我还始终坚持考察这些概念与实践之关系的视野。本书的论述轨迹与我的文学绘图理论及其与文学的关系总体上是一致的。

我首先假设，如果如亚里士多德所言，人是政治动物，那么，人也必然是绘制地图的动物。我并不强调"绘图"的技术性含义，因为我对这一概念的使用在一定程度上是比喻性的。但人的主体性从根本上说是空间性的（也是时间性的），因此，根据空间和地点（同样也根据时间）来定位自己是我们存在的一个基本方面。正如我在《处所意识：地方、叙事和空间想象》(Topophrenia: Place, Narrative, and the Spatial Imagination, 2019)中所述，我使用了"处所意识"一词来表示这种根本性的"地方关切"（place-mindedness），这种意识构成了我们在所处世界的行为特征。在《空间性》的"绪论"中，我借用了地图上的标识"你所在的位置"来代表这种处所敏感性，并且，通过引用但丁《神曲》中的著名开篇意象指出，我们最紧迫的焦虑在很大程度上体现在空间迷失（或对空间迷失的想象）的经验中。因此，存在状况构成了某种表征欲望的基础。这种表征欲望往往以叙事的形式产生，且反过来又发挥着比喻性地图的作用，其允许个体和集体主体获得相对于通常不可察觉且无法表征的更大空间形态和社会形态的地方感（sense of place）。这里也有

4 空间性

时间的维度，因为我们总是试图将自己定格于历史的各种时间值——一天、一年、一生、一个时代、一个地质时代，最终是历史（History）本身——但即使是绘制个人在时间中的位置，也往往使用空间性术语，例如，一个按时间顺序排列的时间轴。我由此断言，就像我们天生就是故事讲述者一样，广义而言，我们不可避免地也是地图绘制者。"文学绘图/文学制图学"（literary cartography）① 这个术语结合了这些元素，因为我们通过创造作为地图的叙事来理解或呈现我们的世界和我们的经验。

在详细讨论这一问题之前，我觉得有必要回顾一下20世纪批评理论中空间得到重申的背景，因此我以一个涉及广泛领域的章节"空间转向"开始。虽然发生空间转向的具体日期并不确定，但各学科的一些著名学者已明确指出，近几十年来，空间性以及空间、地方和绘图等相关问题在人文和社会科学中已变得日益重要。朝向空间的理论和批评占据了主导地位，这反映了一种普遍的感觉，即我们自己的时代在某种程度上比其他时代更具有空间特征，这一点，米歇尔·福柯（Michel Foucault, 1926—1984）和弗雷德里克·詹姆逊（Fredric Jameson, 1934— ）等观点相左的理论家都同样坚持。我所赞同的是，在我们的时代，空间和空间关系变得更为重要。但鉴于对人类最根本的处所意识的断言，我还认为，如果我们要了解空间转向发生的背景，就必须考虑空间的历史生产和空间在艺术和科学中的表征形式的演变。因此，通过简短的回顾，我试图涵盖空间批评理论和实践中的几

---

① 作者在使用这个术语时，既指作为文学研究的某个分支的"文学制图学"，又指作为作家写作这一文学活动的"文学绘图"实践。——译者注

个时刻，希望这一章能够为空间转向绘制一份尝试性、临时性谱系。

这种背景确定之后，我在下一章返回到我的"文学绘图"概念，并且我会强调，对这个术语的使用，就像我在随后几章中使用"文学地理（学）"和"地理批评"这两个术语一样，与其他人可能存在很大差异。首先，正如有些读者指出的，《空间性》并未被纳入任何实际的地图，而事实上，在我的整个职业生涯中，我大多数时候都避免使用数字或地图，而更喜欢文字这一媒介。（人们可以补充说，这不仅是一种偏好，而且也是一种记录模仿形式之间隐性竞争的方式，通过这些方式，文字和图像为争夺注意力和相关性而展开竞争；尽管语言和图像通常以有益的方式形成互补，但也可以说这两者对所涉主题提供了相异的，有时是相反的表征。）我使用"文学绘图"这一术语来说明作家——通常是叙事创作者——在隐喻层面绘制了文本所描绘世界的地图。然后，本章考察了作家"绘制"叙事地图的各种手段。

如果"文学绘图"被理解为作者所从事的一种活动，那么我所使用的"文学地理"这个术语指的是作者绘制的领土和他们绘制地图的方式。请注意，这不是其他人所说的"文学地理学"的含义。正如尼尔·亚历山大所指出的，对于文学地理学的构成存在分歧，这表明目前以其名义进行的研究具有旺盛的生命力。在"文学地理"这一章，我特别关注阅读，这正好对应前一章对写作的强调，因此我用文学地理（学）来指文学和文化批评家在分析作家的文学绘图时所做的工作。我并不是说所有阅读都应当被定义为文学地理（学）的一种形式，但我确实认为，这一章所讨论的批评家对空间、地方和地图的关注为朝向空间的阅读方式提供了典范。

沿着这些思路，在题为"地理批评"的一章，我审视了以空间为导向的文学理论，其中包括法国批评家贝特朗·韦斯特法尔（Bertrand Westphal, 1962— ）倡导的聚焦地理的方法（geocentric approach），但我对"地理批评"概念的使用远远超出了这个术语的范围。我更愿意把地理批评看作一个更广泛的范畴，其中包括与文学空间研究相关的许多不同类型的批评。因此，我在这一章简要考察了几位主要哲学家和文学理论家的观点，他们的著作帮助我塑造了空间转向后的文学和文化研究。因此，继第一章空间转向的介绍和语境化，《空间性》的主体内容分别涉及文学生产、分析和理论（或者可以说，写作、阅读和思考），它们共同构成了理解我们"在世"（being-in-the-world）的根本性处所意识的方式。

我的"结语"指向了通往奇幻和乌托邦的道路，旨在再次强调这些文学实践的存在基础。地图绘制经常与现实主义联系在一起，而地图是帮助我们了解构成我们所在世界的真实空间与地方的极好工具。但是，人们讲述故事或绘制地图，并不只是为了按世界的真实样子加以表征；人们还想象其他的可能。这一章的一个观点是，所有地图和所有叙事都是比喻性的，因此奇幻的元素是必不可少的，甚至对于所谓"真实世界"的最真实的模仿性表征也是如此。但除此之外，我还想表明，在我们试图理解并表现世界的过程中，我们必然会投射出其他世界。在批评实践为奇幻世界留出空间时，我们打开了通往新空间可能性的大门。

有时候，奇幻与真实会相互重叠，这显示了它们是多么不可分割地交织在一起。最近几年在文化、通信和技术方面发生的彻底变化看起来就像科幻小说中的故事，而中国或许正见证着当今地球上最令人震惊的社会经济发展。几年前，我发表了一篇题为《后美国文学》（"Post-American Literature"）的文章，文中提到了2008年北京奥运会开幕式的壮观场面，并认为这标志着从所谓的"美国世纪"过渡到必须被称为"中国世纪"的象征性转变。这些标签本身并不十分重要，因为21世纪——就像20世纪一样——各国在各种地方性和全球性后果中是相互关联的。但同样正确的是，当前中国社会生活的快速时空变化，使它成为任何试图了解我们现在和未来生活世界的人需要探索的最重要地点之一。因此，我毫不怀疑，中国的文学和文化生产，无论在历史上还是在未来几年，对于我们理解和表现世界文学和多国或跨国世界体系都是必不可少的。因此，朝向空间的批评和理论将更加可取；我也希望我的《空间性》对那些将处于未来批评实践先锋的学者们有所帮助。

罗伯特·塔利

2018年8月28日

于圣马科斯（San Marcos）

绪　论　你所在的位置①

在中途，"在事物之间"（in mediis rebus），我们常常感到迷失了方向，感到一种绘制地图的焦虑，一种空间性困惑，而这些似乎是我们"在世"的根本状态。这种体验有点像但丁在《神曲》（Commedia）开篇的经历：

> 在人生的中途，我醒来
> 发现自己迷失在黑暗的森林，
> 因我已远离那正道。

（1984: 67）

正如不少批评家和理论家指出的，在现代，尤其后现代时期，传统的路标或神的指引不复存在，这种迷失感不断加剧。美国批评家弗雷德里克·詹姆逊曾描述自己"迷失"在地狱般的后现代洛杉矶的博纳旺蒂尔酒店（Westin Bonaventure Hotel）的"黑暗森林"（selva oscura）中，并作了一番著名的总结：

---

① 在英文版的地图上，"You are here"标识着"你所在的位置"。作者此处借用地图语言，强调地图和在地图系统中弄清自身方位的重要性，并以此引出写作该书的时代背景与文化背景：普遍的空间迷失感。——译者注

2 空间性

> 最晚近的空间变化——后现代"超空间"——终于成功地超越了个人的能力,使人体无法为自身定位,无法以感官系统组织围绕自己四周的一切,也无法在一个可测绘的外部世界中通过认知系统绘制自身位置的地图。
>
> （1991: 44）

迷路的确令人恐惧,至少让人十分沮丧。不知道自己在哪里,或者相对于想去的地方而言,不清楚自己的方位,是一种非常令人不愉快的感觉。在这种情况下,一个指示牌,或任何标识,都会对我们有所帮助。不过,最有用的是地图。要理解自己在世界中所处的空间,无论是格奥尔格·卢卡奇（Georg Lukács, 1885—1971）所说的广泛与抽象意义上的"超验的无家可归"（transcendental homelessness）（1971: 41）,还是日常生活意义上的在购物中心或大酒店弄清方向,地图是人类所拥有的最有力、最有效的手段之一。对于我们所在的空间,地图提供了一种虚构的或比喻性的再现,而那令人放心的标明"你所在的位置"的箭头或圆点或其他符号,为我们提供了一个参照点,从这里出发我们可以想象并巡航空间。

从某种意义上说,文学也发挥着"绘图"（mapping）的功能,向读者呈现关于地方的描绘,使他们进入某种想象的空间,并向他们提供各种参照点,读者据此可以熟悉并理解自己所生活的世界。或者,文学可以帮助读者了解其他人生活过的、正在生活的或将来会生活的世界。从作者的角度看,文学或许提供了一种绘图方式，绘制作者人生中所遇到的或想象的空间。除了那些包含真实地图的文学作品，故事本身也往往发挥着地图的功能。里卡多·帕德隆（Ricardo Padrón, 1967—　）指出，

> 难道我们不能说，即便没有配插图，这些文本本身也构成了某种地图？毕竟，即使没有真实的地图，这些文本也能使我们想象出文中所描绘地方的样子。文本不仅使我们能想象地方与空间的画面，还通过叙述发生于其中的故事，塑造与文本相关的人物，赋予这些地方生命和意义。事实上，关于文本中想象世界的任何象征性（iconographic）地图，甚至有可能偏离问题的关键，因其将文本中空间与地方的丰富内涵简化成一种固定的图像学的形象。
>
> （2007: 258—259）

当然，帕德隆并不想完全忽略实际绘图和文学文本之间的差异。我也不想忽略这些差异。但我更感兴趣的是，文学如何通过其独特的方式帮助我们理解自己的经历。总之，文学制图学、文学地理学（literary geography）和地理批评（geocriticism）激发了各种富有成效的思维方式，促进了文学和文化研究空间转向之后关于空间、地方和绘图等问题的思考。

在过去几十年里，"空间性"（spatiality）已成为文学和文化研究的关键词。然而，在19世纪，占统治地位的似乎是时间话语、历史话语和目的论，而现代主义美学则将时间性

（temporality）奉为最重要的维度，这尤其表现在个人心理方面，如马塞尔·普鲁斯特（Marcel Proust, 1871—1922）的《追忆似水年华》或亨利·柏格森（Henri Bergson, 1859—1941）的时间与记忆哲学中的心理维度。不过，空间开始逐渐在批评理论界再次确立其地位。这个过程逐渐加速，在第二次世界大战后尤为明显。如果说空间的重要性尚未超过时间，至少足以与之抗衡。批评家和理论家们在写作中更倾向于使用"时空性"（spatiotemporality）这个概念，或者赋予空间与时间大致平等的地位。学术界已公认并命名的"空间转向"（spatial turn），受到后现代主义这种新美学形式的促进，并因后结构主义而具有极强的理论批判性，这尤其表现在法国哲学中，但很快扩展到各个国家和学科。此外，后殖民主义、全球化和日益先进的信息技术的兴起，产生了变革性的影响，令空间备受关注，因为传统的空间或地理界限要么消失了，要么被重新划定了。这一空间收缩伴随着时间变短，英国地理学家戴维·哈维（David Harvey, 1935—　）称之为"时空压缩"（time-space compression）（1990: 240—307）。这一现象是现代和后现代状况的强大影响力导致的结果。正如詹姆逊指出的，批评家和理论家不得不发展新阐释模式和批评模式，来应对"后现代状况所隐含的新空间性"（Jameson 1991: 418）。今天，对许多当代文学学者和批评家而言，空间性已成为无法回避的，而且往往是极有价值的概念。

　　本书将介绍各种空间性研究。空间性如时间性，都是极其宽泛的话题，无法在一本书中做出清晰概括，或有效呈现其全貌。

因此，本书只讨论那些聚焦于文学、文化研究中的空间转向的话题。即便在这个范围内，本书的视角也主要集中于文学和文学理论对社会空间的图绘，而不扩展到其他各类领域（如几何学或物理学），在这些领域，空间性的运作与绘图（cartography）无关，但仍对文学研究产生影响。本书将绘图看作当今空间性研究中最重要的比喻，既因其直接适用于应对最近的表征危机——这一危机常常被全球化或后现代理论家提及，也因为绘图话语与叙事话语那自古以来众所周知的联系。在许多方面，绘制地图就是讲故事。反之亦然。

本书将涉及一些作家、批评家、文学史家和理论家，但并不试图面面俱到。相反，本书将以策略性、选择性的方式，分析关于文学研究中空间、地方和绘图的多层面、跨学科的争论。分析将常常聚焦于某些特定作者或文本。在我看来，这些作者和文本对于空间性研究的发展要么具有代表性，要么具有极其重要的意义。当然，正如第二章将要指出的，关于选择与强调的问题，我必须遵循叙事和绘图本身的原则。在这个过程中，我们会永远纠结于该纳入什么，省略什么。

有些读者可能会感到奇怪，因为本书没有任何地图、图表或插图。一本关于地图的书完全由文字组成，这里似乎存在某种根本的非关联性。这或许有点像苏珊·桑塔格（Susan Sontag, 1933—2004）的《论摄影》（*On Photography*, 1977），书中没有一张照片，这招致不少诟病。但在我看来，文学绘图或文学地理学恰恰只是凭借该研究的"文学"本质发挥作用，而写作本身就是空间化（spatialization）的一种形式，要依靠读者对无数种文类规约（conventions）的接受。一旦将实际的象征性地图或图表呈现出来，它们会对叙事本身所创造的形象形成补充或竞争关系。这在批评与理论著作中也是如此。比如，根据弗朗科·莫瑞迪（Franco Moretti, 1950— ）的观点，米哈伊尔·巴赫金（Mikhail Bakhtin, 1895—1975）论"**时空体**"（**chronotope**）的文章是"迄今为止关于空间与叙事的最伟大的研究，但该文没有一幅地图"（Moretti 2005: 35）。雷蒙·威廉斯（Raymond Williams, 1921—1988）的《乡村与城市》（*The Country and the City*, 1973）或爱德华·萨义德（Edward Said, 1935—2003）的《文化与帝国主义》（*Culture and Imperialism*, 1993）中也没有地图。当然，这并不是说，在文学、批评或理论著作中纳入地图或插图会减损其对空间性问题的参与性或有效性。只不过，对于文学制图学、文学地理学或地理批评而言，实际的地图并不是必需的。

　　开篇处但丁和詹姆逊的引文都描绘了广阔的，或许无法再现的各种空间带给人的彻底迷失感。这两段引文或许在另一个方面也令人困惑：将14世纪诗歌中的文字和关于后现代状况中新空间性的思考相提并论，我显然弱化了詹姆逊观点的冲击力，且这样做有一种危险，即暗示每当人们在某个"黑暗森林"中迷失，都会产生类似的绘图焦虑（cartographic anxiety），此暗示抹杀了空间、地方和绘图的历史维度。在我贯穿全书的讨论中，空间和地方的确是历史性的；而且，空间和空间知觉随时间不断变化，这对于理解当今文学、文化研究中空间性的重要性，具有至关重要的意义。然而，尽管空间、空间知觉和空间构想随时间变化，我却认为叙事是一种绘图方式，能绘制出爱德华·苏贾（Edward Soja, 1940—2015）（1996）所说的与我们密切关联的"真实并想象的"（real-and-imagined）空间，并且，叙事所产生的文学绘图变成了读者理解和思考其所在社会空间的途径。

那么，但丁的《神曲》是地图吗？是的，而且同时在许多不同方面发挥着地图的作用。正如比尔·布朗（Bill Brown, 1958— ）所论证的，但丁只有通过绘制自身位置——该位置涉及一个大得多的地理整体性，同时也是空间整体性——的地图，才能应对其在"黑暗森林"中的"迷惑状态"。如布朗所言，但丁的应对策略是"**一种认知绘图**（cognitive mapping）①，好像一场有向导的旅行，穿行于神话、宗教和政治的历史之中，这些历史如今在一种精神绘图中被空间化，此绘图就是这首诗"（Brown 2005: 737—738）。但丁借助这一宏伟地图，并通过游历井然有序的"他性世界"（otherworld），脱离了最初的迷失状态。不仅如此，他还通过对这一"他性世界"的绘图，为读者建构出一幅**寓言式**（allegorical）地图，据此读者也能逃离他们置身其中的"黑暗森林"。在此意义上，但丁的《神曲》的确提供了一种文学绘图，读者通过研究该绘图，能应对他们所在世界的真实与想象的空间——尽管他们的世界实际上或许与14世纪佛罗伦萨的社会空间有着极大差异。

作为一个真实的物体，作为认识论工具或获得知识的手段，

---

① 国内有些译著中又将其译作"认知测绘"。——译者注

作为一种修辞模式，或作为一件艺术品——更不必说还有其他无数种用途——地图是我们生活中和这个世界中的一种强大力量。吉尔·德勒兹（Gilles Deleuze, 1925—1995）和费利克斯·瓜塔利（Félix Guattari, 1930—1992）在他们那雄心勃勃的哲学巨著《千座高原》（*A Thousand Plateaus*）的开篇指出：

> 地图在其所有维度是敞开的，具有联络性的；地图可拆分，可翻转，可质疑，可不断修订。地图可以撕开，可以倒转，可使用任何形式的装裱，可由任何个人、群体或社会团体重新绘制，可以画在墙上，可以视为艺术品，可以打造成军事行动，或者对纷争的调解。

（1987: 12）

地图的广泛用途和灵活多变无疑适用于文学作品、文学批评和理论著作，因此，不同读者可能会发现它们的不同力量和目的。

* * *

本书主体部分由四章构成，每一章处理文学空间实践的不同方面。第一章首先回顾文学研究的空间转向，其余三章分别讨论写作、阅读，以及文学理论和文学批评，考察文学与社会空间之间的关系。这些主要是关于现实主义或模仿性文学形式中文学、空间和地方之间的关系。最后，作为结语，我将目光转向奇幻故事（fantasy）、**乌托邦（utopia）**、科幻小说等他性世界的空间

（otherwordly spaces），这些空间与前者①不同，但也是空间性研究的重要组成部分。

第一章考察了文学、文化研究和批评理论中的大范围空间转向。该章对历史上的空间性做了简要概述，包括艺术和地图绘制发展中对**线性透视**（**linear perspective**）和数学投影（mathematical projection）的采用，而这两者大大改变了人们的空间经验。该章接着回顾了欧洲地理大发现期间地图绘制学（cartography）的兴起，并描述了近代哲学中空间概念在不同时期的变化。在考察19世纪历史主义发展的基础上，该章研究了现代主义和后现代主义如何重新评价空间与地方的重要性，勾勒出文学、文化研究中的模式转变——从时间占主导到空间影响力的上升，并分析了现代主义、后现代主义的表征问题如何促使批评家赋予空间性更重要的地位。该章还将概述一些重要空间理论家的著作，如米歇尔·福柯、地理学家哈利（J. B. Harley, 1932—1991）、戴维·哈维和爱德华·苏贾。虽然采用了跨学科的研究路径，但我始终聚焦于文学研究中空间性的功能和影响。

在第二章《文学绘图》中，我提出，作家也是绘图者（mapmaker），并考察了叙事如何作为绘图的一种形式发挥作用。这也是彼得·图尔希（Peter Turchi, 1960— ）《想象的地图：作为绘图者的作家》（*Maps of the Imagination: The Writer as Cartographer*, 2004）一书的观点。该书与其说是一本批评或理论专著，不如说是为立志当作家的人而写的写作指南。借助几位

---

① 此处的"前者"指上文提到的"现实主义或模仿性文学"。——译者注

叙事理论家或小说理论家的观点，如米哈伊尔·巴赫金、埃里希·奥尔巴赫（Erich Auerbach, 1892—1957）、格奥尔格·卢卡奇，我主张，作者将一种地图投射在叙事试图再现的混乱世界上，为读者提供了一种比喻性的或寓言式的表征，该表征可在许多方面为读者提供指导。该章还讨论了一种**存在**（existential）状况，一种马丁·海德格尔（Martin Heidegger, 1889—1976）、让-保罗·萨特（Jean-Paul Sartre, 1905—1980）等人分析的异化或迷失状态。城市规划理论家凯文·林奇（Kevin Lynch, 1918—1984）在《城市意象》（*The Image of the City*, 1960）中讨论了这种试图在似乎无法表征的空间中确定方位所经历的疏离感（alienation）。该书的"**寻路**"（**wayfinding**）和"**可意象性**"（**imageability**）概念，以及路易·阿尔都塞（Louis Althusser, 1918—1990）和雅克·拉康（Jacques Lacan, 1901—1981）的理论，共同影响了詹姆逊那具有开创意义的观念，即将认知绘图看作理解后现代状况最有效的方式。而詹姆逊的概念又揭示了阅读空间、思考叙事与社会空间之间关系的方法。

第三章《文学地理》将"作者乃绘图者"的论点扩展到更广泛的关于空间与文学的讨论，且特别从读者或批评家的角度入手，因为他们在阅读中是必须弄懂文学地图的。具体而言，我考察了文学批评和文学史如何参与、如何被转变成文学地理。在这一章，我研究了小说家、批评家劳伦斯（D. H. Lawrence, 1885—1930）所描绘的"**地方的精神**"（**spirit of place**）。劳伦斯把这描述成充盈于作家和作品的活力，而我却发现这与读者的情感有着更紧密的联系。通过考察其他小说家的评论，包括弗吉尼亚·伍尔芙（Virginia Woolf, 1882—1941）和翁贝尔托·艾科（Umberto Eco, 1932—2016），我指出，文学地理并不总是将"真实的"社会空间简单记录在"想象的"文本世界中。顺着这个思路，我分析了研究空间与地方的多种方法，特别聚焦于乡村空间与城市空间这一二元结构中的各种微妙关系。例如，英国文学批评家雷蒙·威廉斯的《乡村与城市》记录了英国文学中这些术语和空间的变化，而爱德华·萨义德则在《文化与帝国主义》中将威廉斯的研究延伸到他所说的"对历史经验的地理性探索"。都市空间与流动性（mobility）是"游荡者"（flâneur）理论的核心。该理论在法国象征主义诗人夏尔·波德莱尔（Charles Baudelaire, 1821—1867）那里逐渐成形，在德国文学批评家瓦尔特·本雅明（Walter Benjamin, 1892—1940）那里得到深入分析，而法国历史学家米歇尔·德·塞托（Michel de Certeau, 1925—1986）则将"城市行走"（walking in the city）进一步理论化，其方法展示了与空间实践相关的多种意义。该章还将考察意大利批评家弗朗科·莫瑞迪的极富想象力的研究。该研究试图用一种文学地理取代文学历史，其中一种做法是完全重造文学研究，这些思想都体现在《欧洲小说地图册，1800—1900》（*Atlas of the European Novel, 1800—1900,* 1998）和《曲线图、地图、树形图：文学史的抽象模式》（*Graphs, Maps, Trees: Abstract Models for a Literary History,* 2005）中。作为该章的结语，同时也是对莫瑞迪小说理论讨论的结语，我思考了读者或批评家按照莫瑞迪的模式绘制文学文本地图的多种方法。

  第四章是关于批评理论和"地理批评"实践的讨论。该章分析了几位重要理论家的著作，他们关于空间、地方和文学的研究影响着当今学者们探讨空间性问题的方法和路径。我对"地理批评"这个术语的使用极其灵活，足以涵盖加斯东·巴什拉（Gaston Bachelard, 1884—1962）的空间诗学（poetics of space），亨利·列斐伏尔（Henri Lefebvre, 1901—1991）的空间辩证法和"空间的生产"（the production of space），以及吉尔·德勒兹称米歇尔·福柯所从事的"新绘图学"（new cartography）研究。"地理批评"这个术语还颇为有趣地暗示，这是一门关注空间细微差别的"学科"，这个学科能够补充和重构心理分析和现象学的视角，正如巴什拉这样的学者所看到的那样。我曾建议使用"制图学"（cartographics）这个术语——这个词有些戏谑的技术性含义，有点类似路易斯·马林（Louis Marin）的"乌托邦学"（utopics）——以便揭示这些批评理论与空间性问题及绘图问题多么相关。我先讨论了巴什拉的现象学"空间诗学"，接着研究了列斐伏尔那极富启发性和影响力的"空间生产"理论，接着又梳理了福柯那具有修正意义的考古学和谱系学研究，他的研究力图强调权力/知识关系中的空间特性。其后，我又讨论了德·塞托对福柯的质疑，他质疑福柯关于现代社会中**全景敞视**（**panoptic**）权力关系的分析。接着，我又考察了常常被忽视且不被承认的对社会空间的性别化和对作为整体的地理的性别化。对女性主义地理学的地理批评向我们揭示,许多空间遭到了多种方式的忽视和误解。此外,德勒兹的空间哲学,特别是他的游牧学(nomadology)和地理哲学(geophilosophy)思想,构成了贝特朗·韦斯特法尔理论的部分基础。韦斯特法尔的理论采用以地理为中心的文学研究方法。作为该章的结束,我讨论了如何将这种批评方法用于文学文本阅读,以及该方法对空间性研究的效果。

最后,以一种类似开放性结尾的方式,我考察了文学中的"他性空间"(other spaces)。这些空间超出了现实主义的边界,进入了乌托邦、奇幻故事和科幻小说的模式或文类。我将借用詹姆逊最近发表的关于全球化时代乌托邦主义与后现代状况相适宜的阐述,并在此基础上讨论"他性世界"文学如何帮助我们绘制我们自己世界的"真实与想象的"空间和地方。

第一章　空间转向

在1967年的一次演讲中，法国哲学家米歇尔·福柯提出：我们所处的历史时期，在某种程度上就是"空间的时代"（the "epoch of space"）。在随后的几十年里，越来越多的批评家赞同这一观点。福柯宣称：

> 正如我们所知，19世纪的伟大痴迷是对历史的痴迷：痴迷于关于发展和中断、危机和循环的主题，痴迷于永远处于积累过程的过去的主题，痴迷于以前死者的数量占人口的绝大多数，痴迷于世界的冰川化威胁着人类。[……]当今的时代或许首先是空间的时代。我们正处在共时性的时代：我们在并置（juxtaposition）的时代，远与近的时代，肩并肩的时代，离散的时代。我相信，我们正处于这样的时刻，我们对世界的经验，与其说是随时间发展的漫长生命的体验，倒不如说是关于联结着不同点与点的混乱网络的体验。
>
> （1986: 22）

虽然要确定空间转向发生的具体日期或时刻比较困难，而且具有误导性，但在文学和文化研究（如果不是更广泛的艺术和科学）领域，已经出现了明显的空间转向。人们无法不注意到，批评文本中的空间或地理词汇越来越多，各种形式的绘图或制图（cartography）被用来调查文学地形，绘制叙事轨迹，定位并探索不同地点，以及投射出想象的坐标。许多文学研究和学术会议致力于讨论空间、地方和绘图问题。而近年来，文化产品的空间或地理因素再次引起批评界的极大关注。

若干因素促成了这一空间转向。法国文学批评家贝特朗·韦斯特法尔认为，第二次世界大战期间及战后随即出现的灾难性社会重组，导致人们对时间痴迷的热度下降，更不必说把历史看作走向更大自由和启蒙的进步运动。他认为，"战前占主导地位的时间性概念已经失去其大部分合法性"，而"传统历史性的削弱，伴随着时间与进步的脱钩，使得重读空间成为可能，这种重读赋予空间以价值"（Westphal 2011: 14, 25）。经历了这种解构之后，如今的批判理论家、历史学家、哲学家和地理学家肯定不愿宣称对历史的普遍进步抱有很大信心，而对时间运动的看法的不断改变，可能为那些要求对空间问题给予更多关注的人开辟了道路。此外，战后时代要求对以往的情况做出认真反思，因而一些批评家现在以新的怀疑态度看待过去的声明。例如，社会理论家西奥多·阿多诺（Theodor Adorno）和马克斯·霍克海默（Max Horkheimer）研究了他们所定义的"**启蒙辩证法**"（dialectic of **Enlightenment**），并由此揭示，理性时代（the Age of Reason）最重视的理想有可能产生野蛮的灾难性后果（Adorno and Horkheimer 1987）。马克思主义地理学家爱德华·苏贾指出，19世纪末、20世纪初的"去空间化历史主义"（despatializing historicism）"将空间阻隔、贬低并去政治化"（Soja 1989: 4），而这实际上意味着战前占主导地位的以时间为中心的话语掩盖了潜在的空间现实。两次世界大战后，这些空间在批判意识中重新确立了自己的地位。

如果说把时间看作一条流畅的河流，以及将历史看作从野蛮不断走向文明的进化论，在集中营和原子弹爆炸的余波中无法再坚持下去，那么，其他真实的历史性因素也促成了战后对空间高度关注的格局。当然，大规模的人口流动——流亡者、移民、难民、士兵、管理人员、企业家和探险者——揭示了世界上前所未有的流动性，这种流动强调了地域差异；也就是说，个人所处的"地方"（place）不能再被简单地认为是理所当然的。旅行者，无论是被迫流亡还是自愿旅行，都无法不更加意识到某个特定地方的独特性，以及不同地方之间的显著差异。可以理解的是，流离失所的人更能协调与地方相关的问题，或者正如托尔金（J. R. R. Tolkien）给他儿子的一封信中所说的——当时正处于第二次世界大战期间，他儿子在海外为皇家空军服役——"我想，一条离开水的鱼是唯一对水略知一二的鱼"（见Carpenter 2000: 64）。这或许可以解释为什么许多20世纪的伟大作家［仅举几例：约瑟夫·康拉德（Joseph Conrad）、塞缪尔·贝克特（Samuel Beckett）、弗拉基米尔·纳博科夫（Vladimir Nabokov）］都是他们所书写的土地和语言的外来者。在提到这些作家时，世界级评论家乔治·斯坦纳（George Steiner）指出：

"那些在一种准野蛮的文明中创造艺术的人——这种文明已经使如此多的人无家可归,已经从根本上摧毁了语言和民族——他们自己应该是没有住所的诗人和跨越语言的流浪者。"(1976:11)流离失所,或许比扎根于一个地方,更能强调空间关系在我们试图解释和改变世界时的至关重要性。

与此同时,战后的地缘政治组织和各种混乱要求人们关注地理的独特政治本质,因为去殖民化(decolonization)和新殖民化(neocolonization)的力量都清楚地表明,地图上的空间不是没有争议的。我们通过地名了解地方,而这些地名,如罗得西亚(Rhodesia)或津巴布韦(Zimbabwe)①,Burma或Myanmar②,本身就体现了巨大的意识形态冲突问题。在这些有争议的地区,历史和地理的全面交织使许多人认识到,以前的学术和理论对空间或空间关系的忽视导致了巨大的偏差和遗漏。例如,法国历史学家费尔南·布罗代尔(Fernand Braudel)在题为《地中海》(*The Mediterranean*)的宏阔研究中使用了他所称的"地理历史"(geohistory)来强调"人与环境关系的历史"(1972:20),而将空间重新确立为人文科学所关注的领域改变了我们对社会历史和批评的理解。同样,人们更多地注意到社会"内部"的空间组织,包括所谓的农村和城市的划分。此现象突显了地理在很大程度上影响着日常生活中哪怕最普通的方面。所谓

---

① 津巴布韦共和国于1980年独立建国,之前被称为罗得西亚,为英国殖民地。——译者注

② 两者都指"缅甸",前者带有殖民地色彩,是缅甸独立建国之前的称谓,后者指缅甸联邦共和国。——译者注

的第三世界的快速工业化，加上第一世界明显的去工业化（de-industrialization）——当然，前者也与后者密切相关——改变了地理空间和理解这些空间的方式。经常被混在一起并冠以"全球化"（globalization）标签的各种现象和效应，极大地造成了空间的混乱，这使得绘图和其他空间实践所提供的清晰易懂的概览显得更加可取。

除了流动性和地理焦虑的增强，还有革命性的技术进步在抑制距离的同时也加强了个人的地方感或流离失所感。正如铁路、蒸汽机和电报对19世纪的空间和时间的影响，航空旅行、电话、电视，以及最终的太空旅行、轨道卫星、计算机和互联网，同样深刻地影响着20世纪和21世纪的时空观念。所有这一切都促成了人的地方意识（即个人置身于空间中的感觉，以及空间分区、分隔和分界）。与此同时，超音速旅行、同步电话通信或全球万维网连接，几乎无意识地促成了对地方问题的解决。社会中大众传媒的明显饱和，以及市场力量或资本主义在世界各处的渗透，加剧了英国地理学家戴维·哈维所认为的现代和后现代社会的"时空压缩"。在此过程中，资本主义进程"彻底变革了空间和时间的客观性质，迫使我们不得不改变我们向自己表征世界的方式，并且有时这种改变相当激进"（Harvey 1990: 240）。千禧年结束时，人们可能更加强烈地感受到卡尔·马克思（Karl Marx, 1818—1883）和弗里德里希·恩格斯（Friedrich Engels, 1820—1895）诗意地观察到的真理，即随着社会条件的不断变革，"一切坚固的东西都烟消云散了"（1998: 54）。

面对所谓的"现实"世界的这种转变,艺术家和思想家以各种方式作出了回应,但后现代主义(postmodernism)的兴起是诸多最重要的、最近出现的具争议性的发展中的一个。后现代主义一直被视为艺术、建筑和文学的一场美学运动,它也被描述成一个历史时期,一种新的思维方式,或者用美国批评家弗雷德里克·詹姆逊的话说,是一种"文化主导"(Jameson 1991: 4)。也许是由于让-弗朗索瓦·利奥塔(Jean-François Lyotard)的著作《后现代状况:关于知识的报告》(*The Postmodern Condition: A Report on Knowledge*, 1984)的影响,后现代主义有时与后结构主义混为一谈。后者主要是法国的一场哲学运动,它延续了19世纪末与弗里德里希·尼采(Friedrich Nietzsche, 1844—1900)有关的反基础主义(anti-foundationalism)和激进怀疑主义(radical skepticism)的传统,不仅质疑那些以前被认为是无懈可击的"真理",而且质疑实现真理的根本手段:包括哲学、历史、科学和地理学的方法。正如米歇尔·福柯、让-弗朗索瓦·利奥塔、雅克·德里达(Jacques Derrida)和吉尔·德勒兹等哲学家对理解我们自己和世界的传统方式提出了创新性批评一样,哈维、苏贾和哈利等地理学家也认真对待他们的论点,并重新设想自己的领域和看待社会的方式,即便他们觉得自己有能力更仔细地思考批判社会理论的空间维度。后现代主义携手后结构主义,连同其他相关话语,在促成这一空间转向中共同发挥着重要作用。英国文化地理学家丹尼斯·科斯格罗夫(Denis Cosgrove)认为,

> 一种得到广泛承认的跨艺术、跨学科的"空间转向",回应了关于自然主义解释、普适性解释以及单声(single-voiced)历史叙事的后结构主义不可知论(agnosticism),并回应了相伴而来的一种认识,即所有知识建构都主要地、不可避免地涉及位置和语境。
>
> (1999: 7)

面对詹姆逊所谓的"后现代所隐含的那种新空间性"(Jameson 1991: 418),文学学者、社会理论家和文化批评家在他们的研究中把空间性放在了最重要的位置。

当然,对空间和地方的经验,对绘图的渴望或需要,以及对获得一种更值得体验的地方感或获得更好的地图的方式的自觉思考,在人类历史上并不是什么新鲜事。在某种程度上,人是"社会动物"——亚里士多德的"政治动物说"(zoon politikon)——那么,人也是"空间"动物,也是建造事物和讲故事的动物。然而,社会空间的转变——就像历史一样,社会空间是人类努力的结果,但不是在"创造者"直接选择的情况下产生的(见Marx 1963: 15)——影响着人类在空间中运作的方式、"使用"空间的方式,以及理解自身各种空间和社会关系的方式。空间性在人类历史上不断变化的作用对理论和实践都产生了实际的影响。现代、后现代文学理论与批评的空间转向的出现,是由于认识到过去的批评文献对空间、地方和绘图问题都描述得太少。近几年来,其工作直接或间接涉及这些问题的作家、批评家和理论家们，不仅试图纠正以前的这种疏忽，而且提出了看待这个世界的新方法；在这个世界中，许多以前的确定性至少已经变得不确定了。因此，空间转向是转向世界本身，是转向对我们生命的一种理解，即将生命理解成置身于一组流动的社会关系和空间关系中，这些关系需要以这样或那样的方式来加以绘制。

历史的视角[①]

尽管近几十年见证了"批判社会理论中对空间的重申"（Soja 1989），以及文学和文化研究中的"空间转向"，但不应忘记的是，空间有着更为广阔的历史。很明显，空间一直存在，但我感兴趣的是文学绘图是如何产生的，是如何以新颖的方式来理解世界。在下一章中，我将更详细地讨论古代和现代文学中作者绘制自己所想象的世界体系文学地图的方式。此处我将考察对空间的知觉方式的一个根本改变，然后描述时空理论的一些发展，这些发展导致了20世纪文学和文化研究中的"空间转向"。理解这种空间转向的最佳方式是将其看作空间性在批判思维中的重现，因为从早期现代到当今的空间与时间感知的历史揭示了空间优势的消长。因此，从历史的角度来观察这个问题将会有所助益。

在文艺复兴时期或近代早期，人们想象世界的方式发生了一些根本性变化。这些变化产生了持久的影响，并将决定我们在

[①] 原文是"Historical perspectives"，此处的"perspectives"既指观点，又指绘画中的透视法和观察的角度。——译者注

21世纪的视野。其中最激进的——这种激进也许具有欺骗性——是线性透视的发展，它不仅使视觉艺术中的图像表征更加"准确"，而且还引起了对空间和人类空间关系的大规模重新想象。这是空间史上的一个关键时刻。从常识的角度来看，认为空间和空间知觉居然"有"自己的历史，这种想法或许显得古怪。毕竟，拥有眼睛和其他感觉器官的人类，总是拥有以近乎相同的方式体验空间和地方的物理手段。然而，历史记录显示，不同文化和不同时代的人们确实以不同的方式感知空间，而且，用英国艺术评论家约翰·伯杰（John Berger）的话来说，新的"观看方式"的发展，彻底改变了我们对空间和地方的经验。

一个有趣的明证恰好可见于艺术和建筑的线性透视的发展，以及更普遍而言对现实的表征中线性透视的发展。美国学者伦纳德·戈尔茨坦（Leonard Goldstein）令人信服地指出，13世纪至15世纪线性透视的发展是"资本主义特定发展阶段特有的一种表征模式"（1988:135）。戈尔茨坦认为，根据线性透视确定的空间有三个关键特征：（1）空间是连续的、各向同性的（isotropic）、同质的（homogenous）；（2）空间是可量化的；（3）空间是从一个处于中心位置的观察者的角度来感知的。戈尔茨坦接着指出，早期资本主义形式的私有财产和商品生产的出现，需要，或"要求"，以新的方式看待空间（同上：20—21）。现在，空间可以被测量、分割、量化、买卖，最重要的是，可以由某个特定的个人控制，这个人理论上说可以成为他所勘测的一切空间的最高统治者。这场较为突然的转变——转自中世纪更具二维特征的圣像式图像（iconographic images）和意大利文艺复兴时期更具深度与几何特征的三维绘画——反映了对解释世界的传统方式的根本修正。换言之，这并不是因为物质世界或人类的双眼视觉（binocular vision）发生了变化，而是因为近代早期新形成的社会关系需要新的观察方式。

> 但是，这种新视角，包括线性投射和作为考察方法的机制，都优于［先前的圣像模式（iconographic mode）］，因为相比以往对世界的解释，它赋予人们更多的对环境的控制权，无论是物理环境还是社会环境。稍稍换个说法，这种新视角是对社会结构的重大变化作出的反应，对于这些变化，旧的解决方案已经不再适用。
>
> （Goldstein 1988: 151）

戈尔茨坦总结道："因此，线性透视是对世界的一种解释。"（同上）此外，通过将观察者定位在空间中的一个特定点，线性透视也开创了个体的新形象。虽然这与在现代性后期出现的资产阶级"个人主义"（individualism）并不完全相同，但这显然是一个过程的开端，这个过程将以把个体主体（individual subject）确认为意义的中心和来源而告终。

艺术历史学家塞缪尔·埃杰顿（Samuel Y. Edgerton）也认为，文艺复兴时期线性透视的发展与社会领域的物质变化密切相关。埃杰顿指出，新世界（the New World）①的发现打破了旧的、中世纪的空间观，这来自一种亚里士多德式空间观，即认为空间是有限的、非连续的。"最后，在15世纪出现了数学上有序的'系统空间'，无限，同质，各向同性，使得线性透视的出现成为可能"（1975: 159）。埃杰顿接着指出，线性透视在艺术，特别是科学或技术中的发展，与另一项技术突破携手并进，那就是印刷术：

> 不应忽视的是，与线性透视的出现和接受几乎同时发生的，是古腾堡（Gutenberg）发明的西方活字印刷术（moveable type）。这两种事物，一个是视觉的，另一个是文字的，共同促成了15世纪最杰出的科学成就：大众传播的革命。线性透视图片，凭借印刷术的力量，涵盖了更广泛的主题，拥有了更大的受众，这些胜过整个艺术史上任何其他表征媒介或传统。可以说，如果没有文艺复兴时期透视法和印刷术的结合，后来的现代科技的整体发展将是不可想象的。
>
> （同上：164）

与这场媒体革命相结合，早期现代的其他技术发展改变了人们感知和体验空间的方式。天文学和几何学将提供新的手段来协调日

---

① 主要指美洲及其周边的岛屿。"新世界"这个术语产生于16世纪早期，阿美利哥·维斯普西（Amerigo Vespucci）第一个使用该词。当时欧洲航海家发现了后来被称为"美洲"的大陆，阿美利哥·维斯普西认为这应该是一个"新世界"，而不是哥伦布所认为的亚洲的边缘。相对而言，"旧世界"是非洲、欧洲和亚洲的总称，因为此前人们认为世界由这三大洲构成。——译者注

常生活中即时感知到的数据和宇宙的超个体力量,而六分仪、指南针或后来的望远镜等装置,将允许,而且实际上是需要,以不同的方式来想象空间。

制图学兴起

不足为奇的是,几何、艺术、建筑和制图学的这些重要发展出现在所谓的"地理大发现时代"(Age of Discovery),那时,欧洲思想的**朝向(orientation)**发生了彻底的变化,无论是字面上的还是比喻义的。"朝向"这个词的意思是"面向东方",该词今天保留的补充意义,即"确定自己的方位"或"了解自己的位置",对于中世纪的欧洲人来说也讲得通,因为他们在与东方圣地(the Holy Land to the East),特别是耶路撒冷的空间关系中,获得自己在世界中的位置感。中世纪制图学,以**古世界地图(mappamundi)** 为例,结合了宗教教育和地理信息,因为"经典遗产的地理'事实'被转化并具有了基督教意义。例如,由于伊甸园存在于东方,地图的传统东方朝向获得了新的意义"(Edson 2007: 15)。然而,到了15世纪末,这种地图朝向所提供的主导性世界观已变得不那么站得住脚了。现存最古老的地球仪,文艺复兴时期的德国地理学家马丁·贝海姆(Martin Behaim)的"地球苹果"[*Erdapfel*,又称(earth-apple)]建造于1492年,这一年,欧洲人想象中的世界开始变得与过去迥异。

作为一种哲学问题,地球仪成了实现"上帝视野"的另一种方式，如今成为观察整个地球的视野。例如，我们不可能再认为旧的中世纪T-O地图反映了可信的神圣计划（见Edgerton 2009: 12—13）。在这些模型中，"地环"（*orbis terrarum*）被描绘成一个圆圈，一条水平线横贯中心，一条垂直线穿过下半部分，由此构成了T，从而将世界划分为三个大陆：亚洲、欧洲和非洲。就像其他中世纪地图一样，由于地图的朝向是向着东方的，亚洲在图的上方，因此耶路撒冷代表着T那根横线的中间点，因而也代表着世界的中心。但地球仪展现了一个不同的形象，而且随着指南针技术的发展，磁北成为地图绘制者定位的手段。此外，美洲的发现要求对这种宗教世界观的各种形式作出改变。

然而，值得注意的是，这些模式并没有完全被摒弃。这一点我们可以从探险家和制图者几个世纪以来的努力中看到：他们试图解决物质现实和神圣秩序之间的难题，这使得有些地图所描绘的是想象中的土地，如"未知的南方大陆"（terra australis incognita）被当作追求对称的一种方式。一些早期的现代地图甚至包括了圣经中的某个地方，例如将伊甸园放在南美洲。但是，在15世纪末克里斯托弗·哥伦布（Christopher Columbus）的航行之后，空间关系和空间知觉无法再保持一成不变，而且对世俗空间的神学意味鲜明的表征也变得不那么普遍了。正如埃德森所言："当尘世的天堂不再出现在世界地图上，我们就有了一种新的制图传统，它更致力于空间的物理度量，而不是空间的超验的神学意义。"（Edson 2007: 15）

从哥伦布、瓦斯科·达·伽马（Vasco da Gama）、阿美利哥·维斯普西、费迪南德·麦哲伦（Ferdinand Magellan）等人的船上带回欧洲的大量地理数据，一定让那个时代的思想家们大感震惊，并备受启发。当然，这些船只上的黄金、白银、香料和人类所用货物也为欧洲社会的变革做出了自己的贡献。在托马斯·莫尔（Thomas More）的《乌托邦》（*Utopia*）中，那座用于讽喻英国的理想岛屿是维斯普西在一次航行中发现的，而在一种真实和虚构的辩证颠倒（dialectical reversal）中，其他人遵循着文本的文字，前往美洲寻找乌托邦。例如，科顿·马瑟（Cotton Mather）在1693年写道，在寻找莫尔想象中的岛屿时，一些清教徒"如今肯定已经在他们的错误中找到了某种真理"，因为"新英格兰是一个真正的乌托邦"（1862: 12）。与维斯普西更商业化的航海动机不同，马瑟的朝圣者寻求的是一个宗教乌托邦，而值得牢记的是，莫尔1516年的《乌托邦》也是在欧洲宗教革命前夕出版的，因为新教改革（the Protestant Reformation）造成了社会、政治和神学上的动荡，影响了下个世纪乃至更久。在地理探索、技术进步和整个欧洲大陆的社会变革之后，15—16世纪的欧洲见证了一场空间性革命，这丝毫不令人感到意外。

　　哥伦布原本是要去中国（Cathay）办差事的，他原以为他所发现的新世界是亚洲的一部分，因此他的世界地理知识得到了更新，但没有被改变。作为第一张用"亚美利加"（America）来命名新世界大陆的世界地图，马丁·瓦尔德泽米勒（Martin Waldseemüller）1507年的《宇宙志》（*Universalis Cosmographia*）也打破了旧的三大陆世界观，吸收了一个新的

"陆地世界（orbis terrarum）的第四部分，其在地理位置上独立于亚洲和非洲，并［……］与传统的三大洲地位相当"（Padrón 2004: 20）。因此，地图上呈现出的世界形象随之带来了哲学和意识形态的回响。

几乎在同一时间，欧洲的许多国家正在经历与海外探索有关但与之不同的内部社会变革。我在另一本书中讨论了出现于巴洛克时代的三个截然不同的空间政治整体（spatio-political ensembles）或"区域"（zones）：民族空间（或国家空间）、领土外空间（边陲地区，包括殖民空间）和本地空间（尤其是首都的城市空间），第四个空间整体是全球空间，或世界体系（world-system）的空间（Tally 2009: 12—13）。①这些空间相互作用，并相互加强，那时，新兴民族国家（nation-states）的离心力使更大的殖民和勘探成为可能，其对应的向心力则使权力更集中在首都城市，并导致了资本在这些地方的积累。1700年后，我们往往理所当然地认为现代民族国家——托马斯·霍布斯（Thomas Hobbes）的《利维坦》（*Leviathan*, 1651）的主题——是政治和经济组织的主要形式，但正如卡尔·弗里德里希（Carl Friedrich）指出的，在1600年，情况还远不能确定，因为许多君主国试图保留封建等级制和旨在将基督教重新统一到一个

---

① 与这四种空间政治整体对应的英文是：the national, the extra-territorial, the local, the global. ——译者注

帝国之下的反向宗教改革（Counter-Reformation）①。然而，到了17世纪末，现代国家形式，连同它的"中央集权"官僚和"统计学"这门新科学，在欧洲政治地理中占据了主导地位（见Friedrich 1952: 1—3）。如上所述，这些力量形成了新的空间形态和空间概念，并被它们所塑造。

一个显著的发展是都城（capital city）的出现。虽然城邦（city-state）有着古老的根源，但新都市反映了一种不同的空间政治组织。正如刘易斯·芒福德（Lewis Mumford）所言："整个概念框架发生了变化"，而最重要的是，"产生了一种新的空间概念"（1938: 91）。著名意大利艺术史学家吉利奥·卡洛斯·阿尔根（Guilio Carlos Argan）在他那本有着贴切书名的《欧洲的都城，1600—1700》（*The Europe of the Capitals, 1600—1700*）中解释道：

> 由国家的新政治职能决定的都城的城市结构，对17世纪空间概念的形成产生了深远的影响。在都城，现代人不是生活在熟悉的、一成不变的环境中；相反，他们被卷入一个关系网络，一个视角交叉的综合体，一个交流系统，一种永不停歇的运动与反运动的游戏。在这一超出他们所知范围的连接于一体的空间（articulated space）中，他们的位置既是中心又是边缘；同样，在"世界舞台"上，个体既是主角，又

---

① 又被称为天主教改革（Catholic Reformation）、天主教复兴运动（Catholic Revival），是针对新教改革而兴起的天主教复兴，大致始于16世纪中期，结束于17世纪中期。——译者注

是临时演员。

(1964: 37)

空间知觉和空间经验再次结合在一起，虽然并非总是那么顺利，但其结合改变了人类存在的地理现实，这对解释这一现实产生了深远的影响。

在《创造美国：西班牙历史编撰学及欧洲中心主义的形式》(*Inventing America: Spanish Historiography and the Formation of Eurocentrism*, 1993) 一书中，何塞·拉瓦萨 (José Rabasa) 分析了杰拉杜斯·墨卡托 (Gerhard Mercator) 1595年的《地图集》(*Atlas*) 的象征意义，展示了它的符号系统如何既强化又质疑欧洲中心主义 (Eurocentric) 世界观 (1993: 180—209)。事实上，由墨卡托地图建立的世界观改变了我们对世界地缘政治框架的想象方式。或许，墨卡托最为人所知的，或者说最臭名昭著的，就是**墨卡托投影 (Mercator projection)**，这是一种用来解决在平面地图上描绘圆形空间这一问题的数学公式。第一张使用墨卡托投影的世界地图是亚伯拉罕·奥特里乌斯 (Abraham Ortelius) 1564年的"世界地图" (mappemonde) [在他1570年的《寰宇概观》(*Theatrum Orbis Terrarum*) 中再版]，它展现了一个被放大得颇为怪异的北半球；离赤道越远，陆地就变得越大。众所周知，墨卡托的投影扭曲了实际存在的空间，以便更好地服务于航海的需要。尽管地图上的地点看上去有些奇怪，形状或比例都失真，但这些地图还是很有用的，因为航海家可以用直线来绘制航向。我将在以后的章节继续讨论这一点，但目前值得注意的是，在墨卡托地图上有意为之的虚假或虚构的世界形象，对17世纪的水手来说，比一张更精准的航海图更有实用价值。

采用墨卡托投影的地图今天仍在使用，比如那些把格陵兰岛绘制得接近南美洲面积的地图，而实际上，南美洲的面积大约是格陵兰岛的七倍。这样的地图必然具有争议性，而事实上，马克·蒙莫尼尔（Mark Monmonier）在他的著作《如何用地图撒谎》（*How to Lie with Maps*, 1991）中已经阐明了被夸大的地区如何服务于意识形态的目的。例如，在冷战期间，美国反共分子可能会指出苏联在20世纪的地图上显得多么庞大，从而增强他们关于红色威胁的论点。此外，正如蒙莫尼尔指出的，尽管至少从1772年起就有了更精确的"等面积"地图投影，但"墨卡托投影为19、20世纪的许多教室墙壁上的世界地图提供了地理框架，最近又成了电视新闻节目和官方简报室的背景"（1991: 96）。这一世界形象的流行也无疑是某种战略性政治操纵的结果："英国人尤其喜爱墨卡托［投影］讨好大英帝国的方式——让零度经线穿过格林尼治，以及澳大利亚、加拿大、南非等遥远而辽阔的著名殖民地。"（同上）

或许令人感到惊讶的是，虽然某种形式的绘图无疑在人类历史中一直被使用，但我们所理解的地图是相对较新的概念。汤姆·康利（Tom Conley）在《自编的地图：早期现代法国的绘图性写作》（*The Self-Made Map: Cartographic Writing in Early Modern France*, 1996）中指出，除了地中海航海家使用的、用来帮助确定港口位置的**波托兰航海图（portolan chart）**，"在15

世纪初,地图几乎是不存在的,而仅仅两个世纪之后,地图成了大多数职业和学科的基石"(1996:1)。制图学兴起的一些原因,如线性透视法的发展、定量方法的发展、对新世界的探索、社会的重组,以及各种技术的进步,这些都已经讨论过了,但是这些和其他因素的总体影响是,地图在早期现代成为一种超凡的知识和权力形式,在21世纪的社会中,它继续保持着重要的地位。

今天,在批判理论之后,当我们听到地图或任何与此相关的"科学"手段或话语也具有意识形态性,即它们被嵌入并常常服务于权力或统治结构的利益,我们就不那么惊讶了。但这在一定程度上是因为近代早期制图学的兴起使地图成为观察世界的主要方式,而这又反过来成为在世界中实施权力的模式。正如地理学家哈利在《解构地图》("Deconstructing the Map",该文经修改,收入哈利2001年著作中)中指出的那样,制图学

完全被卷入构成我们世界的更大的战斗中。地图并非外在于这些改变权力关系的斗争。使用地图的历史表明这是可能的,且地图体现了特定形式的权力和权威。自文艺复兴以来,他们改变了行使权力的方式。例如,在北美殖民地,欧洲人很容易划出跨越印第安国家领土的界线,而没有觉知到他们政治身份的现实。地图允许他们说:"这是我的,这儿有边界。"同样,在16世纪以来的无数次战争中,将军们也很容易用彩色别针和分线规打仗,而不是去感知战场上的屠

杀。或者，在我们自己的社会里，官僚、开发人员和"规划者"也很容易在没有衡量"进步"所带来的社会混乱的情况下，在那些独一无二的地方展开操作。虽然地图从来都不是现实，但以这样的方式，它帮助我们创造了不同的现实。

(2001: 167—168)

正如哈利明确指出的那样，16世纪的制图革命继续产生着持久的影响。其中最重要的一点是，地图所提供的视域使人们能够脱离所研究的现象，恰如将军研究地图而非征战于战场，而这种抽象化改变了潜在的现实。此外，地图上的图像所投射出的远远超出了地理信息的图形描绘。例如，在约瑟夫·康拉德的小说《黑暗的心》（*Heart of Darkness*）中，马洛描述了他看到地图上的"空白区域"时的兴奋，特别是非洲的中部地区，因为那些是相对不为人知的需要探索的地方。后来，当他看着比属刚果（Belgian Congo）的殖民地地图时，他注意到这片空白区域是如何被填满"彩虹的所有颜色。这里有大量的红色——任何时候都看着令人高兴，因为人们知道一些真正的工作已经在那里完成，还有很多蓝色、一点点绿色、几块橙色，此外，在东海岸有一块紫色，用来展示快乐的进步开拓者们在此处喝着怡人的窖藏啤酒"（1969: 11, 14—15）。在《地理和一些探索者》（"Geography and Some Explorers"）一文中，康拉德嘲讽了"地理大发现时代"的"神奇地理"，其用海怪和其他奇幻的插图填补未经探索的空间；他更喜欢"诚实"的现代地图的"空白区域":"从18世纪中叶起,地图绘制工作已经发展成一个诚实的职业,它记载了来之不易的知识,但也以一种科学精神记录了对它那个时代地理的无知。"(1921:19)制图实践中的科学进步也与现代思维的革命有关,现代哲学和科学中关于空间的新概念,与和几何方法有关的抽象思维密切相关,在这种抽象思维中,空间不再或不一定与地点联系在一起。

现代哲学中的空间

艺术、建筑、城市规划和地理学方面的许多进步都涉及对几何学的日益关注,而现代哲学则从数学中得到启示,对世界做出重新构想。得到广泛承认的"现代哲学的创始人"(见Russell 2004:511)同时也是数学家和解析几何的发明者,这并非偶然。事实上,人们可能会说,勒内·笛卡尔(René Descartes, 1596—1650)的整个哲学体系建立在阿基米德点(Archimedean point)①这一数学和空间原理之上。笛卡尔在他的第二个沉思中解释道:"阿基米德曾经需要一个牢固而不可移动的点来撬动整个地球;因此,如果我设法找到一个确定而不可动摇的事物,不管它多么微小,我也能期望伟大的事情。"(1996:16)这个事物当然就是笛卡尔第一原理,即"我思故我在"(Cogito ergo

---

① 这一表述来自阿基米德的名言"给我一个支点,我能撬动地球";此处指一种假设的观察点,观察者从这个点可以以一种整体视野客观地觉知被观察对象;这体现了一种理想:观察者将自己与研究对象分离,以便根据该对象与其他所有事物的关系来看待这一对象;笛卡尔在对确定性的思考中将此称为阿基米德所追寻的"不动点"(unmovable point)。——译者注

sum），这是笛卡尔建立哲学和科学的基础。值得注意的是，这一原理涉及一种特定的视角，一种可以在某种程度上推演至观察整个世界的更大视野中的个人视角。就此而言，现代哲学的开端在文艺复兴后期或巴洛克时代开辟的新空间中如鱼得水。

对现代哲学中空间概念的适当讨论，将使我们远远超出我们对文学和文化研究中空间转向的关注。然而，对17、18世纪哲学中虽有争议却十分流行的空间概念展开简要考察，能有助于解释为什么，如福柯所言，"19世纪的伟大痴迷"是历史而非地理。

笛卡尔坚持欧几里得空间概念，此概念认为，空间与空间"中"的物体是无法分开的。按照亚里士多德的定义，"物体"（body）一词在这里指的是任何具有质量和维度的东西，而对笛卡尔来说，所有物体都有一个基本特征，即空间的延展，所以我们所认为的空间，实际上就是物体的延展。例如，一个瓶子可以装满水，但当它是空的，它仍然充满空气。那么从某种意义上说，没有空的空间，因为它充满了物体。传统上，空间要么被理解为充满物质的容器（plenum），就像卢克莱修（Lucretius，约前99—约前55）这样的古典原子学家的理论所主张的，要么被理解为一种可以完全空着的真空（vacuum），这是艾萨克·牛顿爵士（Sir Isaac Newton, 1643—1727）会接受的观点。笛卡尔通过关注空间中的物体而不是空间本身，破坏了这一区别，在他这个概念中，没有一个空间是独立并区别于物体的。这个空间也是满的，不是因为它是一个装满了物体的空容器，而是因为空间中的物体是空间的一部分。笛卡尔空间基本上是网格状的，其几何坐标标明空间的各个部分——一个或多个给定的物体。在这一观点和早期现代欧洲社会中，人们很容易看到艺术、建筑、数学和哲学的交叉影响。

艾萨克·牛顿爵士不同意笛卡尔关于空间本身就是一种物质的论点。"在牛顿看来，空间本质上是一个绝对、独立、无限、三维、永恒不变的统一性'容器'，上帝在创世的那一刻把'物质的宇宙''放入'其中。"（Ray 1991: 99）虽然相关争论一直持续并贯穿整个18世纪，但牛顿的概念通常占主导地位，至少在阿尔伯特·爱因斯坦（Albert Einstein, 1879—1955）和相对论出现之前是这样。然而，对于牛顿的空间乃容器的概念和笛卡尔的空间乃物质的观点，有一个重要的反对意见来自德国哲学家戈特弗里德·莱布尼茨（Gottfried Leibniz, 1646—1716）。莱布尼茨否定了绝对空间概念，认为空间从根本上说是关系的（relational），空间本身根本不存在；毋宁说，空间是物体之间的"关系"，就像我们或许会把"距离"看作两点之间的关系一样。此外，莱布尼茨认为时间只是事件之间的关系，而不是某种存在的东西。牛顿认为时间和空间一样是绝对的，笛卡尔也这样认为，但大多数情况下，他把讨论仅限于空间。莱布尼茨的反对意见一部分是神学上的，因为牛顿认为空间是后来被上帝填满的空容器，这在逻辑上意味着空间（和时间）在上帝创世之前就已经存在。荷兰哲学家贝内迪特·斯宾诺莎（Benedict Spinoza, 1632—1677）提出了另一种观点，认为空间"就是"上帝或自然（Deus Sive Natura）。第四章将继续讨论斯宾诺莎，因为他的哲学为吉尔·德勒兹的"游牧学"概念提供了重要的基础。

在《纯粹理性批判》(*The Critique of Pure Reason*)中,德国哲学家伊曼纽尔·康德(Immanuel Kant, 1724—1804)试图解决或完全避免上述问题,他的做法是把空间和时间确立为纯粹概念或范畴,其他所有概念都与之相关联。也就是说,当我们感知到某事物,我们觉得它已经在时间和空间中了;时间和空间不是额外被感知的东西。在他的思想"哥白尼革命"中,康德假设我们人类的理性无法觉知世界的本来面目,而只能觉知我们所觉知到的样子。康德在之前的著作中指出,

> 空间不是客观、真实的东西,也不是一种物质,不是偶然,也不是关系;相反,它是主观的、理想的;它从思想的本质中流溢而出,并遵从一种稳定的规律,可以说是作为体系的规律,来协调一切从外部感觉到的东西。
>
> (1992: 397)

康德借用了"属于寓言世界"的空间概念,反对"大多数几何学家都追随的英国人"的观点,即把空间"看作可能事物的绝对的、无边界的容器(receptacle)[①]"的观点。但他还发现,把空间当作仅仅是实际事物之间关系的观点,"也是我们大多数人

[①] 柏拉图曾在《蒂迈欧篇》中使用"接受器/容器"(英译为"receptacle")这一概念,解释在"永恒的范本"和其"副本"之间的"第三要素",并指出也可称之为"空间"(chora)。——译者注

[即德国人]继莱布尼茨之后所主张的观点",这"与现象本身有着直接冲突",而它的拥护者则犯有极端经验主义错误,会使"几何从确定性的顶峰跌落"(1992: 397)。与笛卡尔和牛顿的绝对空间以及莱布尼茨的关系性空间相反,康德的空间是一种精神建构。

把空间看作事物所处的"容器",或仅仅是事物之间的"关系",或知觉的"主观"条件,往往会削弱空间性的重要性,因为哲学的焦点转向了位于空间中的事物,或界定"空间"的事物,或觉知事物的个人。康德将空间降格为思维强加于被觉知现象的主观条件,这为理解人与空间性的关系提供了一种方法,但这并没有改变空间的根本地位。即使在康德的哲学中,空间仍然仅仅是任何真正有意义的现象的背景。在18世纪末,随着发展与成熟的主题,或者说关于时间中运动的主题成为哲学话语的主导,时间性变得更加重要了。在社会领域,随着历史进程占据中心舞台,地理也进入到背景。当然,地理的物理特征对历史是至关重要的,但正如福柯指出的,在19世纪的许多思想中,空间似乎只是历史事件发生的场所。那时,时间的流动和历史的运动逐渐占据首要地位。

历史的回归

然而,说18世纪晚期历史"回归"了,这并不十分准确,人们可以争辩说,那个时代的事件把历史推向了绝对的前景,而现代性哲学话语的形成,至少在一定程度上是对人类历史本质的思考。康德在对"什么是启蒙？"（Was ist Aufklärung?）这个问题的著名回答中宣称："启蒙是人类从自我承担的不成熟中崛起。"（Kant 1963: 3，译文有修改）对康德来说，当代被启蒙的思想家已经长大成人，并对自己的知识负责，而不是让其他人，如中世纪的教会，来指导和控制思想。通过这个类比，康德指出，之前的哲学处于童年，而如今这个成熟的过程带来了这一历史性时刻。

更早的思想家早已强调历史发展的意义。历史早已得到研究和重视，但新兴的历史哲学试图提出历史发展的理论，这些理论可能近似于自然的物理定律的确定性。其他哲学家钻研历史则是为了寻找解决当今问题的答案。这一过程中的一个重要发展是文献学的学科实践，或者说语言的历史研究，它以渐进变化的概念为出发点。意大利哲学家詹巴蒂斯塔·维柯（Giambattista Vico, 1668—1744）在他的《新科学》（*New Science*）中使用了一种文献学分析法，以展示"民族的世界"（il mondo della nazione）是如何随着时间的推移而发展的。在德国，约翰·戈特弗里德·赫尔德（Johann Gottfried Herder, 1744—1803）对语言起源的研究为历史主义提供了一个基础：作品必须在其历史背景下被理解。他还提出每种语言都代表其使用者的"民族"这一观念，以此促进了民族主义。正如贝内迪克特·安德森（Benedict Anderson）指出的，文献学的兴起，以及各地方言对古老神圣的拉丁语、希腊语或希伯来语的统治，是欧洲民族主义形成的一个关键因素（1991: 70—71）。人们认为，通过历史和语言，一个民族可以发现自己是谁，是怎样的民族。

这一时期最具影响力、意义最重大的事件是1789年的法国大革命，后来的革命都以此为榜样。对许多欧洲人而言，这场革命预示着一个新的历史时期的开端，过去可以根据这场革命重新解释，以显示历史事件的轨迹是如何看似不可避免地抵达这一时刻的。这就是极具影响力的德国哲学家黑格尔（G. W. F. Hegel, 1770—1831）如何能够在19世纪初将他所在的时代视为"历史的终结"（end of History）。当然，黑格尔的这句话并不意味着历史事件不再发生；他的意思是，影响一切的、对历史——"H"大写的历史——的宏大叙事在现代世界已经达到它的顶峰，人类的普遍发展已经实现了它的历史（和历史主义者）的目标。随着封建等级制度被推翻，随着自由的民族国家和市民社会的建立，人类自身达到了其历史条件的极限。

因此，黑格尔的历史哲学是目的论的，它指明了一个特定的终点（希腊语是*telos*），并把整个人类历史想象为一个过程，有着连续的阶段，通向那个终点。从哲学家的角度看，只有在这一历史过程的终点，才能对其做出正确的认识和评价，因此历史的终结也是黑格尔理论的前提。正如他在《法哲学原理》（*Philosophy of Right*, 最初于1821年出版）中的比喻，"密涅瓦的猫头鹰只在黄昏降临时展开翅膀"（Hegel 1967: 13）。或许，能说明问题的是，黑格尔将世界历史的连续"领土"命名为东方、希腊、罗马和德国，这不仅将这些地方的真实地理从属于历史的普遍规律，而且将黑格尔自己国家的"时间与地方"确立为世界历史发展的终点。也就是说,黑格尔把他自己的历史时刻和地理位置看作是人类发展达到顶点的地方。卡尔·马克思是最有洞察力的黑格尔研究学者,也是最严厉的黑格尔批评家,他接受了黑格尔的历史哲学,但认为历史发展的动力是阶级斗争,而不是冲突中分裂的个人意识。该观点认为,现代国家和资本主义生产方式的出现标志着历史的最新阶段。对马克思来说,"历史的终结"需要另一个阶段来建立共产主义或后民族、后资本主义的自由王国。在马克思的学说中,黑格尔也一样,历史不一定沿着一条直线发展,但其过程是合乎逻辑的、可知的,并有一个可认知的目的地或终点。

历史进步的概念在19世纪特别流行,传播特别广。当时,继法国大革命和工业革命之后,更深入的科学革命迅速加入这一行列。其中,地质学和古生物学的发现奠定了"圣经年表"(Biblical timeline)的概念。原因很明显,因为古老的矿物和化石已经出土。当神学家试图将创世的日期确定为过去六千年的某个时间,化石的记录显示出明显要古老得多的构造。地质学的一场大辩论与进化论有关,特别是关于岩层是通过侵蚀等过程慢慢演化的,还是突如其来的灾难的结果。在生物学方面,查尔斯·达尔文(Charles Darwin, 1809—1882)的自然选择理论对适应进化论提出了挑战,而这些理论的山寨版很快在其他非科学领域找到了追随者:例如,社会达尔文主义者在反对向穷人提供援助的辩论中使用了"适者生存"的概念。人种学家和考古学家,有时与殖民活动形成合力,发现了灭绝的文明和"原始"种族,然后把他们当作早期欧洲人的活化石来研究。黑格尔式的历史观再一次使"原始"和"现代"之类的术语巧妙地融入了一个总体历史叙事中。但是，正如埃里克·沃尔夫（Eric R. Wolf）在《欧洲与没有历史的人民》（*Europe and the People Without History*, 1997）中令人信服地论证，这些范畴并不能很好地反映构成人类历史时空过程的"一束束关系"（1997: 3）。专业史学的出现和19世纪初历史小说的出现塑造了人们对国家和人口的理解方式。构成这些叙事的基础往往是历史理论，它们可以用来以一种准科学的方式解释迥然不同的现象。事实上，到19世纪末，许多思想家认为一部真正科学的历史是完全可能的，这部历史本身就是科学，正如生物学或物理学一样。

在历史思维的各种发展中，空间并没有被遗忘。事实上，19世纪地理学和空间科学的进步仍在继续。正如康拉德的"地图凝视"一样，帝国主义的传播和发展需要地理知识和地理实践的进步，而地质学、地理学、测量学和城市规划的进步也是19世纪思想的关键要素。但福柯认为，19世纪的哲学把时间性和历史放在了首要地位，这一点在当时的大量文献中得到了印证。很大程度上，虽然空间知识得到了发展，空间仍然被哲学视为静止的、空无一物的，仅仅是历史性和时间性事件的背景。在世纪之交，时间胜过空间，成为许多作家和理论家着迷的主要对象。

万物崩溃①

现代主义，正如后现代主义，对于理解与之相关的各种艺术和哲学作品来说，可能不是一个理想的术语。任何想要确切描述现代主义的努力都可能会受挫，就像试图盛放一颗水银珠一样。然而，这个标签有助于命名一个审美模式或领域，即便只是暂时的。马歇尔·伯曼（Marshall Berman）在他的权威性研究《一切坚固的东西都烟消云散了：现代性体验》（*All That Is Solid Melts into Air: The Experience of Modernity*, 1982）中，把现代性的变革力量描述为一个"漩涡"，并对相互促进的现代主义的消极和积极方面提出了辩证的看法：

> 使这个大漩涡产生，并使其永远处于形成状态的社会过程，已被称为"现代化"。这些世界历史进程孕育了各种令人惊异的愿景和想法，其目的是使人们成为现代化的主体和客体，赋予他们改变正在改变他们的世界的力量，使他们能够走出这个漩涡，并使之成为他们自己的漩涡。

（1982: 16）

伯曼指出，许多现代主义者的共同特点是，"他们立刻被力图改

---

① "Things Fall Apart"出自威廉·巴特勒·叶芝（William Butler Yeats）的诗《第二次降临》（"The Second Coming"，1920）中的诗句"Things fall apart; the centre cannot hold"，以及尼日利亚作家钦努阿·阿切贝（Chinua Achebe）的小说《这个世界土崩瓦解了》（*Things Fall Apart*, 1958）。作者在此指的是现代主义的特质：过去的整体性不复存在，一切变得碎片化。因此这里译作"万物崩溃"。——译者注

变自己和世界的意志所打动,并被一种恐惧所打动,这是对迷失方向和分崩离析的恐惧,和对生活土崩瓦解的恐惧"(1982:13)。

与现代化相关的根本性转变既有空间上的,也有时间上的,但在许多现代主义文学作品中,时间似乎是占主导地位的主题。也许这是由于19世纪社会理论中历史的主导地位,或者是由于如此多的作家和思想家以对过去的怀旧来处理不断变化的现在,或者是由于对不确定未来的巨大焦虑。法国哲学家亨利·柏格森发展了时间和记忆理论,这些理论被证明是非常有影响力的,而在马塞尔·普鲁斯特、詹姆斯·乔伊斯(James Joyce)、威廉·福克纳(William Faulkner)等人的作品中,可以发现柏格森的思想。事实上,普鲁斯特的七卷本小说《追忆似水年华》(*Remembrance of Things Past*, 1913—1927),其出发点涉及一种"无意识的记忆",这由浸在茶里的饼干的味道所激发。时间的流动和无意识的变迁构成了"意识流"(stream-of-consciousness)这一典型的现代主义技巧。时间性,伴随着对于个人随时间推移而发展的强烈感觉,往往是现代主义文本中最重要的主题。

西格蒙德·弗洛伊德(Sigmund Freud, 1856—1939)的著作本身可以被看作是现代主义文学的一种形式,与现代主义同时出现,并迅速对许多作家产生影响。在早期研究中,弗洛伊德偶然发现了一种"谈话疗法"(Freud and Breuer 2004: 34)——他的一位病人如是称。这最初是一种治疗方法,但后来变成了一个完整的心理学系统。对于这一精神分析学（psychoanalysis），他用余生来阐述和完善。精神分析学可以被看作是绘制人类思维轮廓地图的一种尝试，并且弗洛伊德在他的著作中的确经常使用空间隐喻。弗洛伊德的思想还增加了一个时间因素，因为他发现，对某个早期事件的重复往往是病人心理问题的根源。因此，一种被大脑遗忘或"压抑"的早期创伤是一个人目前神经质状态的核心，这种状态由最近一次类似的创伤性事件引发，尽管或许是看似微不足道的事件。然后，精神分析学家深入研究对病史的叙述，以揭示其中的秘密，因为所分析的是病人自己的话。这包括对梦的解释，或分析某个笑话的措辞，以及文学研究的典范文本。因此，精神分析被证明对作家和文学评论家都有用，这也就不令人惊讶了。

在许多现代主义叙事中，强烈的个体心理视角强调了对"自我"（ego）的关注，对影响人类主体自我意识的无意识过程的关注。这些作品，虽然在它们的领域如史诗般宏大，却可能因为对叙述者或主角内心的这种强烈关注，而被认为在空间性方面是有局限性的。正如詹姆逊所暗示的，伴随着现代主义，

> 个体主体的现象学经验——在传统文学作品中，这是最重要的艺术素材——局限于世界上的某个小角落，位于从某个固定视角看到的伦敦或乡村或其他任何地方的某个区域。
>
> （1991：411）

在这种叙事中，空间显得不如时间重要，这是有道理的，因为在河流的隐喻中，个体的心理存在被卷入时间的流动中，正如它被象征性地体现在一种意识流的叙述中。自我之外的真实和想象的空间，尽管无疑仍然是"存在的"，但并不是许多现代主义作品主要关注的问题。不过，正如后面的章节将进一步讨论的那样，这种被压制的空间是作为一种地缘政治无意识出现在许多现代主义诗歌和小说中的。

这并不是说现代主义只与时间有关或只对时间感兴趣。约瑟夫·弗兰克（Joseph Frank）有一个著名的假设：现代主义文学有一种**"空间形式"**（spatial form），虽然他对空间的理解很大程度上局限于一种时间性特征，即"同时性"（simultaneity）。一部现代主义小说或许不是按时间顺序叙述事件，而是将同时发生的元素放在一起，比如在古斯塔夫·福楼拜（Gustave Flaubert）的《包法利夫人》（*Madame Bovary*, 1856）中的一个著名场景中，对三种不同对话的描述交织在一起，从而创造出一种同时性的感觉。由于小说需要一个时间顺序，要求读者按照一定的顺序从头读到尾，同时性或空间性都是由作者将线性叙述分割成片段而人为强加给读者的。在乔伊斯的《尤利西斯》（*Ulysses*, 1922）这样的作品中，读者被要求在组合这些片段时，投射出一种空间心理意象，因为"一本普通小说中概括给读者的所有事实性背景，在这里都必须从片段中重构出来，片段之间有时间隔几百页，散落在整本书中"（Frank 1991: 19）。现代主义小说中这种对时间的空间化可以被看作是一个寓言式过程，与下一章要讨论的"认知绘图"颇为相似。

《这个世界土崩瓦解了》①是尼日利亚作家钦努阿·阿切贝1958年小说的标题，讲述的是一个悲剧英雄在应对影响他的现代化力量时的困境。这个词来自威廉·巴特勒·叶芝的《第二次降临》，一首写于第一次世界大战后不久的现代主义诗歌，歌唱世界末日的主题。现代主义关于陷入混乱、碎片化和失落的时间体验，充斥于19世纪末和20世纪初的许多文学名著中，在艾略特（T. S. Eliot）的诗歌《荒原》（*The Waste Land*, 1922）中达到极点。在这首诗中，整个西方文明（乃至世界文明）似乎都被纳入其中，得到保存，并在此消亡。在现代主义者对时间的明显迷恋中，也可以看到一种深刻的空间焦虑，因为这些文本所表现的时间变化的漩涡同样是对空间位置问题的令人困惑的重构。当万物分崩离析，传统地标可能不再具有指导作用，需要采用新的绘图形式来理解空间或地理位置和文化身份。

后现代隐含的新空间性②

后现代（the postmodern）或后现代主义的概念一直具有争议

---

① 又译作《瓦解》。——译者注
② 作者此处借用了詹姆逊在《后现代主义，或晚期资本主义的文化逻辑》一文中的表述。原句如下："Cognitive mapping" was in reality nothing but a code word for "class consciousness" — only it proposed the need for class consciousness of a new and hitherto undreamed of kind, while it also inflected the account in the direction of that new spatiality implicit in the postmodern (which Ed Soja's Postmodern Geographies now places on the agenda in so eloquent and timely a fashion) (Jameson 1991: 417—418)。——译者注

性，而试图为其确定一种意义的努力，在一个极端遭遇到恐怖、蔑视和怀疑，而在另一个极端则得到了热情而欢乐的回应。有人认为，后现代主义只不过在时间上在现代主义甚至浪漫主义之后，对后现代主义的任何定义都无法避免与其他形式、风格或时期的某些重叠。有些人将后现代定义为与现代的彻底决裂，定义为一个全新的世界，在这个世界里，旧的观察方式和思维方式无法适用于当前的问题。有些人以一种松散的非历史的态度看待后现代主义，以至于把《堂吉诃德》（*Don Quixote*, 1615）或《项狄传》（*Tristram Shandy*, 1759）称为后现代的，因为它们的叙事采用了元小说技巧（metafictional techniques）。后现代主义的一个重要特点似乎是它倾向于拼贴（pastiche），即对各种元素的模仿性大杂烩，有时会有现代主义或早期现代的元素混合于形式和内容中。历史的非线性（nonlinearity）似乎也是后现代主义的典型特征，从伊哈布·哈桑（Ihab Hassan）的分析中可以看出这一点。哈桑那份有趣的科学表格对比了现代主义和后现代主义的各种属性，其中包括现代主义的偏执狂和后现代主义的精神分裂症（1987: 92）。这似乎是一场消遣游戏的结果。它还可能引发对这一问题的彻底超历史的（transhistorical）观点，因为后现代主义小说的一些特征很容易在古代文学中找到。哈桑的表格还表明，现代主义和后现代主义之间的区别可能在很大程度上是态度上的，比如现代主义的挽歌基调只是被后现代主义的一种顽皮或嬉戏的基调所取代，但潜在的现实基本上是相同的。不论这些种类繁多的特征如何试图将后现代主义与其他主义区分或混为一谈，一个被反复注意到的特征是詹姆逊所说的"后现代所隐含的那种新空间性"（Jameson 1991: 418）。文学和文化研究最近的空间转向，在很大程度上是后现代状况的产物，或者说是对其做出的反应。

这一概念发展过程中的一个关键人物是美国诗人查尔斯·奥尔森（Charles Olson），创造"后-现代"（post-modern）这个词有他一部分功劳。根据佩里·安德森（Perry Anderson）在《后现代性的起源》（*The Origins of Postmodernity*, 1998）中的论述，大约在1951年奥尔森"开始谈论一个'后-现代世界'，它超越了帝国主义的地理大发现和工业革命时期"（Anderson 1998: 7）。奥尔森设想了一个巨大的诗学工程，一种将横穿整个"西方"的反荒原（Anti-Wasteland），从荷马的《奥德赛》，途经但丁和麦尔维尔（Melville），一直到现在的美国，而其中的一些艺术和哲学论述在奥尔森的《叫我以实玛利》（*Call Me Ishmael*, 1947）——一部对《白鲸》（*Moby-Dick*）的非凡研究——中幸存下来。奥尔森在他的作品中非常强调空间，这种对空间的关注与他对"后-现代"的看法联系在一起：

> 空间是新历史的标志，而空间感知的深度是对目前正在进行的工作的衡量标准，既因为空间中充满着物体，又因为空间与时间相反，包含着从当代海峡中航行而出的人类文明

的秘密。① [……] 空间的"收获"已经十分明显。

（Olson 1973: 2—3）

在奥尔森看来，向后现代性的转向不可避免地会导致空间转向。

为了将后现代历史化，并将其建立在更具物质性的现实的基础上，在过去50年左右的时间里，一些批评家把后现代与新的经济活动形式联系起来。更具体地说，"晚期资本主义"的出现——德国经济学家恩斯特·曼德尔（Ernst Mandel, 1923—1995）将其看作资本主义发展的最新阶段——将结构性转变引入与后现代主义相关的社会和文化实践中。因此，詹姆逊认为后现代主义是"晚期资本主义的文化逻辑"（Jameson 1991: 1—54），而晚期资本主义的一个关键特征是全球化。英国马克思主义地理学家戴维·哈维是参与后现代主义话语的最有影响力的思想家之一，他认为转折点发生在1973年左右，当时全球经济衰退迫使对旧的（或许是现代主义的？）福特式生产模式做出改变，由此开创了"弹性生产"（flexible production）的时代，而"弹性生产"反过来又是由业已加剧的金融化和全球化推动并产生的，这些被哈维认为是资本主义积累中的"巨变"（Harvey 1990: 189）。他说，在更早的时期，如1890—1929年间，"金融资本"统治着传统商品生产，结果局面却在"崩盘"中发生了逆转。

---

① 根据塔利的解释，此处奥尔森借用"海峡""航行"等空间性意象/比喻来阐明，是空间性方法而非时间性或历史性方法，揭示了人类文明的奥秘。或者说，奥尔森想要表明的是：我们以前总是过于关注时间和历史，但如果我们仔细考察人类文明会发现，人类文明是在"空间性"运动中不断进步的，即从狭促、局限的领域（海峡）向开阔、自由的空间（海洋）发展。——译者注

> 然而，在现阶段，重要的不是权力集中在金融机构，而是新的金融工具和市场的爆炸式增长，以及全球范围内高度复杂的金融协调系统的兴起。正是通过这一金融体系，资本积累在很大程度上实现了地域和时间上的灵活性。
>
> （Harvey 1990: 194）

这些过程使"时空压缩"成为可能，并加速了这种"时空压缩"，这是后现代状况下人类经验的典型特征。

在《后现代主义，或晚期资本主义的文化逻辑》（*Postmodernism, or, the Cultural Logic of Late Capitalism*）一书中，詹姆逊既综合了后现代主义辩论中相互竞争的部分，又探索了未来的可能方向，他试图"通过将一些完全不系统的东西系统化，并将一些完全非历史性的（ahistorical）东西历史化，看看我们能不能从侧面包抄它，并开拓出一种历史的方法，并且至少可以用这个方法来思考那个问题"（Jameson 1991: 418）。詹姆逊的大胆论断体现在他的书名中，以及他的以下观念中：对后现代的理解必须从"晚期资本主义"的角度出发，在这个阶段，资本主义生产方式已经成为真正全球化的生产方式。他还坚持认为，后现代主义不是一种风格，而是一种"文化主导（cultural dominant）：是一个概念，允许一系列非常不同，但居从属地位的特征与之共存"（同上: 4）。由此，詹姆逊避免了那些可能会把后现代与现代主义或浪漫主义先驱混为一谈的人的困惑，以及其他困惑。詹姆逊对"主导"一词的使用借鉴了文学评论家雷蒙·威廉斯对主导（dominant）、残余（residual）和新兴（emergent）文化形式的有益区分；这种区分并不主张一种形式一旦出现另一种形式就必然消失，而是让我们看到，在某一特定时刻，某些东西可以占据主导地位，而残余文化力量在新兴文化力量出现的同时仍在发挥其威力（见Williams 1977: 121—127）。对詹姆逊来说，这意味着所有残余的现代主义元素可能仍然存在于我们的时代，而后现代作为一种文化主导，可以帮助我们更好地解释现代状况与我们自己的状况之间的差异，并开始认识到那些已经开始改变我们今天所经历的世界的新兴力量。

哈维、詹姆逊、苏贾等人指出的主要特质之一是空间和空间性在后现代中的新重要性。詹姆逊认为，典型的后现代的"情感衰落"也可以被认为是"伟大的高现代主义的时间和时间性主题的衰落"。通过对福柯的认可，或许更多是对法国哲学家、《空间的生产》（*The Production of Space*, 1974）一书的作者亨利·列斐伏尔的认可，詹姆逊断言："我们的日常生活、我们的心灵体验、我们的文化语言，都被空间范畴而非时间范畴所支配。"（Jameson 1991: 16）事实上，后现代的新空间性既是模糊或瓦解空间障碍的全球化进程的产物，也是推动这些进程继续深入的引擎。正如本章开头所指出的，我们的空间体验已经被航空旅行、电信等技术进步彻底改变，尤其是互联网，其似乎以迄今为止从未被想到的方式将文化生产的残余、主导和新兴因素结合在一起。哈维指出，空间壁垒的瓦解起到了增强空间意义的作用，因为在全球弹性积累（flexible accumulation）竞争中，微观的空间差异具有更大的重要性。"随着空间障碍的减少，我们对世界空间所包含的东西变得更加敏感。"（Harvey 1990: 294）因此，一个最重要的悖论是：

> 空间障碍越不重要，资本对空间中位置变化的敏感性就越强，对以吸引资本的方式加以区分的地方的刺激也就越大。其结果是在高度统一的资本流动的全球空间经济中产生了碎片化、非安全和短暂性不平衡发展。
>
> （同上）

对于哈维和詹姆逊来说，这种后现代的状况需要一种认知绘图的形式，这将使我们能够理解和协调这些后现代空间。

下一章将更详细地讨论詹姆逊的认知绘图思想，但此处需要强调的是，在当前的空间混乱和焦虑中，一种绘图形式似乎是后现代状况下唯一真正合适的审美和政治实践。正如詹姆逊所言，"一个适合我们自身情境的政治文化模式必然会把空间问题作为其组织性关注的根本问题"，并且"后现代主义的政治形式，如果有的话，将以社会和空间尺度上的全球认知绘图的发明和工程为其使命"（Jameson 1991: 51, 54）。然而，正如哈维警告的那样，这一值得称赞的尝试面临着重重困难，因为我们的"心理地图"受制于"来自空间整合与分化的矛盾性压力。有一种无处不在的危险，那就是我们的心理地图将无法与当前的现实相匹配"（Harvey 1990: 305）。因此，詹姆逊的"认知绘图"概念仍然是临时的、修辞性的、乌托邦式的，但作为应对这一新空间性的一种手段也同样是必要的。

文学的空间

在托马斯·品钦（Thomas Pynchon）1966年的小说《拍卖第四十九批》（*The Crying of Lot 49*）中，主人公奥迪珀·马斯发现自己陷入了一场全球性阴谋，被各种奇怪的人物搞得困惑不已，迷失在相互竞争和神秘莫测的利益混乱中，与此同时，她正试图理清死者遗产的复杂细节。有一次，她决心重读遗嘱，以便更好地理解这些事情，她把自己想象成一个"天文馆中央的黑暗机器"，可以"将这些遗产带入动荡不居的意蕴的星空"。她在备忘录中写道："我应该投射出一个世界吗？如果不是投射，那么至少在圆顶上闪动一些箭头，让箭头在星座之间掠过，并追踪出你的龙、鲸鱼和南十字星座，任何可能有帮助的东西。"（Pynchon 1966: 82）

用"投射出一个世界"来描述文学的作用显得十分恰当，并且许多文学作品无疑都起到了想象的地图、图表、星座之类的作用。作为了解世界的一种手段，文学以生活的数据为依据，并按照这样或那样的计划来组织这些数据，这样就可以帮助读者理解并航行于自己所在的世界。文学的这一特征可能和讲故事这件事一样古老，就像古老的史诗和神话一样，它们帮助听众和观众理解大自然的奥秘。然而，我同意列斐伏尔、詹姆逊和哈维的观点，即人类社会关系的物质和历史基础也产生了不同的空间，这些空间必须以新的方式加以处理。在文学和文化生产方面,这些空间需要新的绘图方法、新的表征形式和想象我们在宇宙中的"位置"的新方式。那么,空间、地方和地图对于文学和文化研究是至关重要的,正如这些概念和实践是生活在不断变化的社会和地理环境中所必需的。

我们的日常生活在现代或后现代状况中的深刻变化,其中许多无疑是有益的,但其中一些已被证明不太可靠,似乎预示着一个新的世界,一个"勇敢的新世界"〔正如米兰达在莎士比亚的《暴风雨》(*The Tempest*)中所宣称的〕,这个世界需要新的艺术和分析方法来帮助我们理解。文学和文化研究的空间转向既是对这种状况带来的困惑的理性回应,也是对新空间和新表征的尝试性探索。正如本书《绪论》中提到的,"人的状况"常常是失去方向(disorientation)的状态,在此状况中,我们的"在世"经验常常类似于迷失的经验。"处于事物之间"(situated in medias res)的文学和文化研究已经开始揭示一些澄清这些困难的方法,而那些从事"空间性研究"(spatiality studies)的人,无论这些研究是否具有"文学制图学/文学绘图"[1]"文学地理(学)"或"地理批评"的特点,都可能继续发现或发明新的方法来理解我们理解世界的方式。下一章将讨论文学在哪些方面以地图绘制的一种形式发挥着作用。

---

[1] 作者在使用"literary cartography"这个术语时,既指作为文学研究的某个分支的"文学制图学",又指作为文学研究的某种方法和作为作家写作这一文学活动的"文学绘图"实践。——译者注

第二章　文学绘图

《白鲸》的叙述者声称,"就本书可能具有的叙事性而言",《航海图》("The Chart")①"是读者在本书中所能发现的重要章节之一"(Melville 1988: 203)。在《航海图》的开端,赫尔曼·麦尔维尔(Herman Melville)将这本小说的文学绘图工程(the literary cartographic project)加以戏剧化处理。

就在亚哈船长的水手们发疯似的赞同他的目标之后的第二天晚上,海上刮起了狂风。风停后,如果你跟随亚哈船长进入他的舱房,你会看到他走到船尾横木上的柜子前,拿出一大卷皱巴巴的发黄的航海图,摊在他面前那张用螺丝固定在地板上的桌上。他在桌前坐下,你会看到他聚精会神地研究映入眼帘的各种线条和阴影;看到他在以前空白的地方缓慢而沉着地用铅笔绘出新的线条。[……]在他忙于这些的时候,悬在他头顶上的笨重的白镴灯随着船的摇晃不停地摆动,在他满是皱纹的前额投下不断变换的光影交错的线条。这情景就好像当他在皱巴巴的地图上标出线条与航道的同

---

① 第44章。——译者注

时，一支看不见的笔也在他前额这张有着深深刻痕的地图上描绘出线条与航道。

（Melville 1988: 198）

麦尔维尔在此描写了亚哈仔细研究地图，绘制航行轨迹，记录已知信息，并设想出进一步探究的新路线。在亚哈追捕白鲸的语境中，这个场景具有重要的叙事功能：向读者解释，富有经验的捕鱼者如何运用详细的地理和历史知识，成功地在海洋这般浩瀚的空间中找到一头鲸的位置。但正如亚哈用铅笔在"此前空白的空间"绘制标记，灯光投下的"不断变换的光影交错的线条"也在亚哈本人的空白空间中绘图。在一种更具比喻意味的层面，亚哈代表着一种有待探索、绘图和了解的领域。在小说中的那一刻，宏大的世界体系和悲剧主人公的诡异处境在一种清晰的地图绘制意象中相遇。为了既在宏观的全球层面，又在微观的个人层面理解这个世界，麦尔维尔运用了一种文学技巧，这种技巧本质上是某种形式的绘图。在考察世界地理中的真实地方和他小说世界中的虚构地方时，他的文学绘图揭示了爱德华·苏贾（Soja 1996）所说的这个世界中"真实并想象"的空间。

写作行为本身或许可以被看作某种绘图形式或制图行为（cartographic activity）。就像地图绘制者那样，作家必须勘察版图，决定就某块土地而言，应该绘制哪些特点，强调什么，弱化什么；比如，某些阴影或许应该比其他阴影颜色更深，某些线条应该更明显，诸如此类。作家必须确立叙事的规模和结构，就好像绘制叙事作品中的地方的刻度与形状。文学绘图者，即便是以非现实主义模式写作的神话或奇幻作家，都必须决定，对某个地方的表征在多大程度上与地理空间中的"真实"地方相关。这一章将讨论作家在哪些方面发挥着地图绘制者的作用，并探讨文学理论中关于文学绘图的某些方面。

首先，本章将讨论"文学制图学/文学绘图"这个概念的一般含义。通过文学绘图，作家参与到一种类似地图绘制的活动中。当然，这是比喻的说法，因为此处的地图是对写作中的语言活动和想象行为的比喻，但叙事地图确实存在。也就是说，地图不仅仅是坐标方格样的几何图形，或是表格这样的视觉档案，抑或是如绘画一般的图案艺术；地图也可能由文字构成。文学绘图的实际义和比喻义基本上是共存的，且从事这一活动的作家不必总是意识到自己的绘图行为。有时，讲故事同时也是制作地图的过程。这种关系是双向的：讲故事涉及绘图，而地图也讲述故事，且空间与写作之间的相互关联往往能产生新的地方和新的叙事。正如彼得·图尔希在《想象的地图：作为绘图者的作家》中所述："要一份地图就相当于说，'给我讲个故事'。"（2004: 11）

在大致讨论"文学绘图"概念的基础上，本章将通过对各种叙事理论的考察来探讨"作为地图绘制者的作家"这一观点。这些叙事理论包括关于文类的讨论，尤其是俄国批评家巴赫金的"时空体"概念。时空体是由巴赫金所分析的各种小说文类所表征并构成的"时空"（time-space）。接下来，通过简要讨论语文学家埃里希·奥尔巴赫关于"西方文学中对现实的表征"——他1946年的不朽巨著《模仿论》(*Mimesis*)的副标题——的重要论述,本章提出,作者与作品声称所表征的世界之间的关系基本上是空间性的,正如这是时间性的或历史性的,而不同文学表征模式之间的差异与对这些真实与想象空间的观察和表征方式密切相关。匈牙利文学理论家格奥尔格·卢卡奇在对史诗(epic)与小说形式差异的描绘中,以引人入胜的方式将读者的兴趣引向叙事与绘图关系。这三位影响深远的批评家都将文学形式或文类看作理解世界的方式,即了解世界或赋予世界形式的方式。对他们而言,叙述形式与绘图工程相关。接下来,本章会讨论以史诗为主要叙事形式的关于古代世界的文学塑造,同时也会赞同几位批评家的观点,认为伴随着线性透视、抽象或数学空间及资本主义生产方式的兴起,第一章所讨论的现代性的出现,实则是呼唤新的形式来绘制文学中的此类空间。当然,这种文学绘图新形式正是现代小说(novel)本身。比如,在卢卡奇看来,小说的出现是对"超验的无家可归"这种处境的一种反应(Lukács 1972: 121),在此处境中,为了使自身存在具有意义和可理解性,个体或集体必须创造出一个有序的体系。

卢卡奇的"超验的无家可归"概念令人联想到后来海德格尔和萨特所描述的存在状况。海德格尔认为,在世的体验是由强烈的焦虑感导致的,这是一种诡异的非家感,西格蒙德·弗洛伊德曾讨论过这个概念。其实，"暗恐/非家感"（uncanny）[①]在德语中有"不在家"（unhomeliness）的意思，而海德格尔则指出，对焦虑（anxiety，德语*angst*）的感觉根本上是在世界中不"在家"的感觉。在一定程度上，萨特的存在主义哲学出自他对海德格尔"在世"这一概念的理解，但与海德格尔不同的是，萨特并不寻求让人类恢复某种原初的、更具整体意味的地方感。相反，萨特的理论虽然承认伴随迷失感的真切的痛苦，却要求个体发展出赋予自己生命以意义的计划，或者，用一种更加适合空间和空间关系的方式来表述，发展出重建自己在世界中的地方感的计划。形成这种计划的一个关键因素是想象能力，这使得萨特的哲学也让人联想到文学绘图。

最后，本章会考察弗雷德里克·詹姆逊的著名概念"认知绘图"。这个概念以意味深长的方式借鉴了其他几位文学批评家和哲学家的观点。詹姆逊的概念为文学绘图树立了一种模式，该模式超越了存在主义的计划，并成为一种方法，藉此，作家可以投射（project）出一种关于世界体系的超个体形象，从而取代个体的地方感或无地感（sense of placelessness）。凭借一种认知绘图的美学，詹姆逊获得了对世界和我们在世界中的处所的理解，同时还为我们提供了一种可能改变世界或想象其他世界的工具。确实，认知绘图加强了文学再现工程，无论这一工程是以寓言的形

[①] 英文 uncanny 意为"诡异的""危险的""神秘的""可怕的"，由于弗洛伊德 1919 年的"Das Unheimliche"一文中阐述了"The Uncanny / Unheimlich"，uncanny 被赋予"不熟悉""无家可归"等意思，童明据此将 uncanny 翻译成"暗恐/非家幻觉"（《暗恐/非家幻觉》，《外国文学》，2011 年第 4 期），指出"'非家幻觉'的译法应该与'暗恐'并用或互换"（106 页）。——译者注

式构想的,还是局限于所谓的现实主义写作。作家着手为这个世界绘制地图,在页面的空白处勾画出线条和阴影,同时也令其他世界成为可能。

作为地图绘制者的作者

法国历史学家弗朗索瓦·阿尔托(François Hartog)对希罗多德(Herodotus)的《历史》(*Histories*)——写于公元前5世纪的古希腊文本,普遍认为是西方文明的第一部历史著作——做出了详尽而深入的解读,并由此指出,叙事(narrative)既是"勘测者"(surveyor)的地理投射的结果,又是**吟咏诗人**(**rhapsode**)的作品。此处使用的是"rhapsode"的词源学意义,即"编织工"(weaver)之意,因为编织工能将迥然相异的部分编织成一个整体。在阿尔托看来,这些文本的叙述者依次并同时成为以下角色:空间的勘测者、将不同空间缝入一个新整体的吟唱者,以及最终"创造出"被这样勘测并缝制起来的世界的诗人(bard)。当提及古希腊语中的"世界"(oikoumene)这个词,阿尔托写道:

> 叙述者因此也是勘测者,并在多种意义上也是吟唱者,但他同时也是诗人,因为只要通过对语言空间的使用,对"已知世界"(the oikoumene)的测绘一定会成为对这个世界(the world)的某种创造,因为在"话语的秩序"和世界的秩序之间是存在关联的[……]当[希罗多德]勘测遥远

的民族和相邻的领土时,难道他没有创造出一个"已知世界"并赋予人类世界(human world)以秩序?叙事的空间意欲成为对世界的表征,而史诗吟咏者则是标示形式的人,是令事物显现的人,是揭示者,是了解真相者。

(1988: 354—355)

根据这种观点,叙事是创造世界的一种形式,至少正如其是表征世界的一种模式,而最终这两者或许会变成一回事。当叙述者或作者勘测他们想要描述的土地时,他们为了创作出叙事文本而将完全不同的元素编织在一起,这些元素可能包括其他叙事的片段,关于人或地方的描述,来自第一手观察和第二手报道、传奇、神话及想象性创造的各种意象。在制作对某个世界的拼缝式表征(即叙事本身)时,叙述者也创造或发现了叙事所呈现的那个世界。对读者而言,该叙事赋予这个世界以形象,这一点很像地图;并且某叙事中的文学绘图能成为将来的勘测、吟唱和叙事的一部分,或者说,将来的叙事地图的一部分。

本书使用的"文学绘图"这一术语不必局限于叙事作品。显然,图像诗(iconographic poetry)和非叙事性描写可能更像地图,因为不论是诗行在页面上的各种空间安排,还是对外在于文学的地理空间的描写,他们看上去就像直截了当的空间再现。相反,叙事与时间的关系似乎更紧密,因为"叙事"的定义具有极强的时间性维度。也就是说,叙事必然涉及情节的时间性——开端、中段、结尾——但颇具争议性的是,一首短诗则具有某种"空间形式"（a spatial form），在此形式中各个部分同时呈现（见Frank 1991: 18）。然而，近几十年里越来越多的批评家认识到，叙事也是空间性的，故事的开端、中段和结尾可能指涉某个特定空间组织中的地点或位置，正如他们指的是某个时间组织中的不同时刻。实际上，"情节"（plot）这个概念本身也是空间性的，因为情节也是计划（plan）或地图。[①]设计情节（plotting）可以被理解为建立一个情节背景（setting），设定一个航道（setting a course），或标示出某个想象性风景的特征。而且，正如詹姆逊所言，如果叙事是"人类思维的重要功能或例证"（Jameson 1981: 13），那么叙事就是人类理解其所处世界的关键方式，而这个世界当然是时空性的（spatiotemporal）。由文学作品所产生的文学绘图本身就是为世界赋形的方式。非叙事文学或许也参与了某种绘图工程，但由叙事产生的文学绘图或许具有更显著的或更意味深长的影响。

　　图尔奇的《想象的地图》讨论了各种各样的文学形式，并较为详细地探讨了作家乃地图绘制者这一观点。严格来说这并非一部批评或理论著作，虽然其的确涉及批评和理论的某些领域。相反，图尔奇略带印象主义或联想式的探讨，目的是为作者和读者提供一种指导。作为创意写作的教授，图尔奇希望向大家展示文学实践和绘图实践如何互相重合，互相渗透，并最终融合成本书所指的文学绘图。图尔奇坦言他对术语的使用是隐喻性的，但他坚称地图本身就是某种隐喻；也就是说，地图上描画的地方并非

---

① "plot"既有"情节"之意，做动词又有"策划""在地图上标出或画出""绘制图表"等意思，因此是"plan""map"的近义词。——译者注

"真实"的地方。为了说明创意作家的作品如何具有地图绘制的形式，图尔奇指出了五种大致的范畴或过程："选择与省略；传统与规约（遵守与背离）；纳入与排序；赋形，或形式问题；直觉与意图的平衡"（Turchi 2004: 25）。本章将聚焦于第一种范畴"选择与省略"，但其他几个方面都隐含在对文学绘图的所有思考中。

首先，作家如制图者，必须决定在故事或地图中应当纳入哪些元素。这个问题隐含了其他问题，比如：该故事或地图的功能是什么？我希望读者从中得到什么？什么让一个地方（或事件、人物、主题）值得被描绘？什么可以放心地省略？

空间与文学、绘图与写作、描写与叙述的关联是复杂多样的，也是十分有趣的。为了了解一个地方，我们绘制它的地图，但我们也会阅读关于它的文字，或者叙述关于它的故事。在《空间与地方：经验的视角》（*Space and Place: The Perspective of Experience*）中，地理学家段义孚（Yi-Fu Tuan）指出，一片空间一旦导致某种停顿，即目光的一次停留，就变成了一个"地方"。不论多么短暂，目光的停留将这片空间变成了故事讲述的对象。当某人的目光停留在某物的时间长到足以在一片无差别的风景中将其区分出来，看清这是一个具体的存在，此物便具有了意义，这在传统上属于"文学艺术"的领域（Tuan 1977: 161—162）。反过来，文学作品与其探索的地方融合在一起，而这也成就了文学作品。故事与地方往往紧密相连，无法区分。

在伊塔洛·卡尔维诺（Italo Calvino）的后现代小说《看不

见的城市》(*Invisible Cities*)中，叙述者马可·波罗向忽必烈（Kublai Khan）描述他所见过的地方。当叙述者努力想要令一个地方被了解，他表达了关于地理与叙述相重合带给他的些许挫败感。因为，既然令一个地方值得关注的往往是赋予其意义的叙事，那么这个地方就无法仅仅以严格的空间或地理术语来描述。他写道：

> 至高无上的大汗啊，无论我怎么努力，都无法描述扎伊拉（Zaira）这个碉堡高耸林立的城市。我能告诉您楼梯般起伏的街道有多少级台阶，拱廊的弧形有多少度，屋顶上铺的是怎样的锌片；但我知道这等于什么都没告诉您。构成这座城市的不是这些，而是其空间量度和历史事件之间的关系：灯柱的高度，被绞死的篡位者来回摆动的双脚与地面的距离；绑在灯柱和对面金属栏杆之间的绳索，和装饰女王婚礼仪仗队行经道路的彩灯；那个栏杆的高度，和偷情汉清晨爬过栏杆时的一跃；屋顶天沟的倾斜度，和一只猫沿着天沟爬行并溜进偷情汉爬出的窗户；突然出现在海峡外的炮船的射程，和炸毁天沟的那枚炮弹；渔网的破洞，和三个老头坐在码头一边补渔网一边讲着重复了上百遍的篡位者的炮船的故事，有人说篡位者是女王的私生子，在襁褓中被遗弃在这个码头。
>
> 随着记忆的波浪涌入，这座城市像海绵一样将其吸汲并不断膨胀。描述今日的扎伊拉应当包含她的全部过去。然

而，这座城市并不讲述自己的过去，却将它像掌纹一样收藏起来。它被写在街道的角落、窗户的格栅、台阶的扶手、避雷的天线和旗杆上，每一处都留有抓挠、缺口和蜗旋形痕迹。

(1974: 10—11)

在此，某个地方的纤毫细节，小到一个栏杆的高度，对于整段历史而言都是至关重要的，这段历史包括偷情、政变、战争和民间传说，或许还有更多。卡尔维诺的例子显示，空间与叙事就这样融为一体，继而又作为更广泛的文学绘图的一部分显现出来，而这又成为另一位作家的文学绘图的基础，并由此成为以空间为导向的文学批评的对象。卡尔维诺认为，如果不叙述内嵌于某个地方的故事就不可能描述这个地方。他的这一观点挑明了所有作品无疑都隐含着的某些问题，而这些问题必须处理叙事的时空性。

与卡尔维诺不同的是，詹姆斯·乔伊斯在一次访谈中讲过一段著名的话：在《尤利西斯》中，"我想描绘一幅完整的都柏林的画卷，完整到万一哪天这座城市突然从地球上消失，它也能从我的书中被重建"（Budgen 1989: 69）。《尤利西斯》被想象成关于都柏林这座城市的叙事地图，乃至它的蓝图。当然，乔伊斯在此陈述的愿望反映了作家的绘图计划在很大程度上终究是无法实现的，是事先就注定要失败的，但却仍然可能以有趣的方式失败。小说中表征的空间不可能等同于那些"真正"的空间，就像巴巴拉·皮亚蒂（Barbara Piatti）所说的"地理空间"

（geospace）与文学文本中的想象空间的差异（见 Piatti 2008: 22—23）在某个城市或乡村的体现。但正如下一章要讨论的，这并不会阻止真正的爱好者将某座城市的"真实"空间直接带入他们在阅读中所探索的"想象"世界。例如，就连学识渊博的哲学家、符号学家翁贝尔托·艾科有一次也承认，"众所周知，有人去贝克街（Baker Street）寻找夏洛克·福尔摩斯（Sherlock Holmes）的房子，而我恰好属于这样一群人，在都柏林的埃克尔斯街（Eccles Street）寻找据称是利奥波德·布卢姆（Leopold Bloom）住过的房子"（Eco 1994: 84）。显然，小说的想象空间和都柏林的真实地理空间具有联系，但他们并非完全一致。乔伊斯的观点应当被看作某种具有反讽意味的追求，具有反讽性却同样意义深远。

虽然《尤利西斯》可能为想要了解都柏林真实样子的读者提供了许多信息，这本小说却几乎不能当作城市规划者的使用手册或指南。叙事的绘图工程必然是不完整的、暂时的、尝试性的。而这几乎可以肯定是好事。比如，法国小说家乔治·珀雷克（Georges Perec, 1936—1982）在其雄心勃勃的后现代实验小说《穷尽巴黎某处的尝试》（*An Attempt at Exhausting a Place in Paris*, 2010；1974年首次出版）中，用三天时间观察巴黎的某个地点并记录他看到的一切，试图"在无事发生的时候看见发生的事情"。文学批评家贝特朗·韦斯特法尔认为，即便"在撒哈拉的中心"，珀雷克的实验也是无法完成的，但"珀雷克却选择置身于喧闹的圣叙尔比斯广场（Saint-Sulpice）"。这是当地一个繁忙的场所，此处所发生的远远多于可能被注意到的，而被叙述或描写的就更少了。正如韦斯特法尔所言："虽然他在特定时间内只局限于一个场所，但这个工程其实是没有尽头的。"（Westphal 2011: 150）确实，仅列举停靠在站台的公交车就会很快令人厌倦，更不必说描绘其他车辆、路过的行人、他们的长相打扮、广场的狗和鸟等。然而，除了记录视觉资料，珀雷克还需要让其他感官发挥作用，比如，描绘正午阳光的感觉、柴油发动机尾气的气味、孩子哭闹的声音。颇具讽刺意味的是，所有这些对细节的关注和对信息的近乎无偏见的记录终究以失败告终，其失败不仅在于无法完全"穷尽这个地方"（这在任何情况下都是不可能的），而且在于未能显示这个地方的独特性。毕竟，当人们开始关注86路公交车由此驶过这种明显无关紧要的细节时，那么，作者是在巴黎的圣叙尔比斯广场，或是在法国的其他镇，或是欧洲乃至世界上的其他地方，又有什么区别呢？也可能会有一趟86路公交车驶过北卡罗来纳州达勒姆的某家咖啡馆。由此可见，对圣叙尔比斯广场的文学绘图，用这种穷尽细节的方式，效果并不理想。

因此，作者必须选择某个特定地方或故事的能令叙事地图具有丰富意义的细节。这一点对真正的地图制作者来说是一样的。制图者决定在纸上绘制哪些元素之前，必须确定该地图的功能，以及打算向地图阅读者传达怎样的意义。这种地图是不是就像大多数道路图那样，只是给汽车司机使用？如果行人不会使用这种地图，那么或许可以将人行道省略。许多沿岸航行图必须包含在其他情况下几乎没有意义的信息。比如，退潮时的水深对于沿海岸或沿河口航行是必要信息，但对于编撰城市道路地图的人而言，这大概是无关紧要的。建筑物或无线电塔的高度对出租车司机而言没什么意义，但对于直升机飞行员来说或许是至关重要的信息。与此相似的是，一个故事缺乏必要元素，或者正相反，包含太多不必要的信息，就不能将恰当的"地方"传达给读者。正如阿尔托关于作者乃勘测者、吟唱者和诗人的讨论，叙事作者通过叙事创造世界，并由此令其意义丰富。这项事业的失败可能比图片不准确要严重得多，因为严格来说所有地图都是不准确或不完整的；这种失败在于令人"迷失"于空间。

文类与文学时空体

当作者决定故事或地图的构成元素，选择哪些元素应突出，哪些应处于背景，并以恰当的方式安排这些元素使其最适合于表达作家或制图者想要达到的效果，他们同时也在决定这将会成为"怎样的"叙事或地图。因此，文学绘图必然涉及文类的问题。跟随约翰·佛柔（John Frow）在《文类》（*Genre*, 2006）中的精彩研究，我认为，文类本身也是一种地图，因为文类的参数有助于构建故事所投射的"世界"。

佛柔对"文类"的总体定义显示了文类在很大程度上与绘图相似，或者说，是绘图的一部分。文类，就像地图，其本质是组织知识，使事物具有意义，且无论是文类的框架还是地图，如前文所言，都投射出这样一个"世界"，佛柔将其看作"比较严谨的、界限分明的意义、价值和情感的领域"（Frow 2006: 85—86）。他继续道：

> 文类，我们或许会说，是关于意义生产和阐释的一整套极有条理的规约性限定。使用"限定"这个词，我并不是说文类仅仅是一种限制。相反，其系统性能产生丰富的意义，能塑造形状，指引方向，就像建筑师的形式赋予混凝土以形状，或像雕塑家的模具赋予材料以形状和结构。文类的结构既赋予意义，又限定意义，同时也是意义产生的基本条件。我认为，文类理论是且应当是研究意义和真理的不同结构如何被创造，这些结构借助并产生于各种各样的写作、谈话、绘画、摄影和表演，话语的世界就是通过这些得以有序地组织。这就是文类的重要性：它是人类创造意义的关键，也是关于意义的社会斗争的关键。任何发言或写作或任何其他以象征方式组织的行为，其发生，都一定会通过形塑文类代码（the shapings of generic code）的方式，此处的"形塑"既意味着"借此形塑"，又意味着"对此形塑"：行动与结构相互作用，相互修饰。
>
> （同上：10）

与此相似，地图既具文类性，又是某种类型的文类，因为地图也要将点点滴滴的不同数据塑造成一个意义丰富的有待阐释和理解的整体；而且地图，正如文类，都赋予这个世界以结构，同时又是某个世界中的结构。

此外，不同文类可以根据它们对时间与空间的组织来理解。当然，叙事中还有其他元素。这一点，我们很快会看清楚。仅举一例说明：哥特式传奇（Gothic romance）会令人想起某一类型的风景，其建筑具有独特的风格。人物在哥特式传奇的空间中移动，或是攀越这些空间，或者被幽闭其中，其方式必然与寓言史诗（an allegorical epic poem）或流浪汉小说（a picaresque satire）中的类似活动明显不同。詹姆逊曾指出："文类在本质上是文学机构（institutions），或作家与特定公众之间的社会契约，其功能是明确规定对文化制品的恰当使用。"（Jameson 1981: 106）因此，我们还能将文类比作旅行指南，借此，作者在使用或详述某种文类的可识别元素时，也为读者提供了类似"你所在的位置"的信息，这些信息包含可辨别的参照物，能帮助读者到达想去的目的地。作者，恰如绘图者，运用了规约性技巧或策略，以尽力防止文本或地图的读者迷失方向。詹姆逊总结道，若不涉及该工程所隐含的空间性，"实际上，写作艺术的任何一部分都不会被这项（不可能的）尝试所吸收，用来设计一套万无一失的机制，以自动排除对某一特定文学表达的令人厌恶的反应"（同上：206—207）。

米哈伊尔·巴赫金，俄罗斯文学批评家、语言哲学家，创造了字面义为"时间—空间"的"时空体"概念，以便更清晰地表达文学中历史时间与地理空间的关系。巴赫金还将这个概念想象成一种理解方式——理解对时间和空间的各个方面"加以反映或艺术加工的文类技巧"（Bakhtin 1981: 84）。对巴赫金来说最重要的是，空间与时间密不可分，而且他还将时空体当作"文学形式的一个基本范畴"（同上）。巴赫金的时空体是理解和创造文学绘图的又一种工具，因为时空体以概念的统一性将空间、时间和文类结合在一起。

巴赫金并未提供文学时空体理论的详细定义，而是以该术语的灵活性统摄若干相关概念。因此，有时时空体主要被界定为不同文类，如古希腊传奇（romance）的时空体，而有时候时空体又指某作品或文类中的特定时空形象，如"道路"作为一种独特的时空体。不过，在对此术语的所有使用中，巴赫金都强调叙事在很大程度上投射出一种可辨认的时间—空间，此时—空贯穿于他力图阐释的历史诗学之中。巴赫金写道：

> 在文学的艺术时空体中，时间与空间标志融合在一个精心构思的具体整体中。时间在一定程度上变厚了，长出了血肉，变成艺术上可见的东西；相似的是，空间变得充实了，对时间、情节和历史的运动做出反应。时空轴的交叉和时空标志的融合，正是艺术时空体的特征。
>
> （同上）

简言之，巴赫金关于叙事形式或文类发展中时空体的讨论始于古希腊传奇的"历险时空体"（adventure chronotope）及其抽象空间，贯穿了阿普列乌斯（Apuleius）和佩特洛尼乌斯

（Petronius）的古罗马小说，其"空间变得更具体，其中的时间也更稳固"（1981: 120），及至古代传记和自传，其对个体时空的聚焦将"对小说的发展［……］产生巨大的影响"（同上：146）。从他所称的"古代小说的形式"发展到民间传说时空体（folkloric chronotope）、骑士传奇（chivalric romance），以及弗朗索瓦·拉伯雷（François Rabelais）的"狂欢化"小说（carnivalesque fiction），巴赫金发现了类似卢卡奇在《小说理论》（*The Theory of the Novel*，1971；最初于1920年出版）中指出的叙事形式的发展，但巴赫金并非将时空体或叙事形式的变化看作早期的统一性或统一整体性的消解。相反，他发现，各类不同声音的剧增以及神话和历史的"倒置"提供了民主的或革命的潜能。卢卡奇和巴赫金都认为戏仿性小说《堂吉诃德》（1605—1615）是一个转折点，但两者强调了不同方面。因而，曾撰写巨著《拉伯雷和他的世界》（*Rabelais and His World*，1984）的巴赫金，更为关注的是"拉伯雷型时空体（Rabelaisian chronotope）"，其呈现了"世界的新图景［……］以善辩的方式反对中世纪的世界"（同上：171）。最后，巴赫金考察了"田园诗时空体（idyllic chronotope）"及其在18、19世纪的发展。

此处对巴赫金的文章《小说的时间形式和时空体形式：朝向一种历史诗学》（"Forms of Time and of the Chronotope in the Novel: Notes Toward a Historical Poetics"，1937—1938年首次发表）的简要复述并非强调时空体概念如何与文学绘图或叙事绘图相关，但很显然这个概念已然将叙事研究中的空间提升到与时间平等的地位（而且事实上与之密不可分），这一点令巴赫金稍稍领先于文学研究的空间转向。

在此论文发表约35年后新增的《结束语》（"concluding remarks"）中，巴赫金提出，时空体是"组织小说基本事件的中心，是叙事结（knots of the narrative）形成或消解的地方。不妨说，意义是属于塑造叙事的时空体的"（Bakhtin 1981: 250）。这一大胆论断表明，时空体是任何文学绘图的关键因素，因为正是通过对特定时空体的使用和指涉，叙事的意义和世界的形式得到确立。然而，同样很明确的是，个体作家或绘图者不仅仅是做选择、挑选或省略，而且是参与到（或许甚至是毫不知情地参与到）更大的历史与文化过程中，通过这些过程，那些时刻和地点获得了更重要的意义。巴赫金承认："被表征的世界，不论多么现实和真实，都不可能与其所表征的、文学作品的创造者（即作者）所在的现实世界在时空上完全一致。"（同上：256）这些关于世界、文本和文学绘图者之间的更广阔也更复杂的关系，指向了卢卡奇的小说理论中所讨论的超个体形式，或历史形式。

形式与对现实的表征

在《文学研究的形式方法》（*The Formal Method of Literary Scholarship*）中——该著作常常归功于巴赫金，但很可能是"巴赫金团队"（Bakhtin Circle）的集体创作——帕维尔·梅德韦杰夫（Pavel Medvedev）写道，对小说家而言，"文类的现实就是在艺术交流过程中实现文类的社会的现实",也就是说,作家"按照他在作品中看到的生活的样子"来组织生活。由此可见,"文类是表达现实中集体视角(collective orientation)的各种方法的总和",而"这一视角能够把握现实的新领域"(Bakhtin and Medvedev 1978: 135)。这一文类概念与我所说的文学绘图十分相似,特别是当"现实的各个方面"被认为包括社会空间的各个方面。对现实的表征——叙事和地图两者的目标——由此与文类产生联系。梅德韦杰夫还把文类称为"看待现实和将现实概念化的方式的总和"(同上:137)。

如果我们认识到文学和绘图都只是通过比喻的方式表征现实,那么,"对现实的表征"这个词或许能用于描述文学和绘图这两者的目标。如果不同文类,如史诗或小说,以特定的、可识别的、独特的方式表征现实,那么,我们或许可以说文学绘图至少在一定程度上由叙述形式所决定。

埃里希·奥尔巴赫,20世纪早期的另一位重要批评家,与巴赫金和卢卡奇同时代,也探讨过相似的文学历史问题。他最著名的著作是《模仿论:西方文学中对现实的表征》[1](*Mimesis: The Representation of Reality in Western Literature,* 1953;最初于1946年出版)。甚至在更早,在一本关于但丁的著作中,奥尔巴赫已有惊人之语:尽管但丁是《"神"曲》(the "divine Commedia")[2]的作者,但他"是书写尘世(earthly)世界的诗人"(Auerbach

---

[1] 又译作《模仿论:西方文学中现实的再现》。——译者注

[2] 但丁的《神曲》意大利文为"Divina Commedia",又简称为"Commedia",英文为"The Divine Comedy"。塔利此处使用the "divine" Commedia,是特别强调《神曲》的神圣性,因此,译者在译文中将"神"用双引号以示强调。

2001；最初于1929年出版）。尽管奥尔巴赫最初使用的德语单词"irdische"被译成英语"secular"——这个翻译本身就可能造成对这本具有浓重宗教色彩的作品的不可饶恕的曲解——但实际上"irdische"不仅表示尘世的或世俗的，而且含有"泥土的"或"关于土地的"之意。虽然从事20世纪批评的大多数学者不会认为奥尔巴赫参与了文学研究的空间转向，但他的哲学研究却总是立足于与作者经历中的空间和地方的关联意识。而且，奥尔巴赫对后期一些具有空间倾向的批评家的影响是明显的，尤其是爱德华·萨义德和弗雷德里克·詹姆逊。

在《模仿论》中，奥尔巴赫对史诗的表征过程提出了不同于巴赫金或卢卡奇的观点。这本极有启发意义的书，开篇对荷马的《奥德赛》和《创世记》的不同风格做了著名的对比。奥尔巴赫考察了这两部著名的古代文本，并注意到这两者对其场景表征方式的差异。他重点分析了《奥德赛》第十九卷的一个场景：护士欧律克勒娅在给奥德修斯洗脚时发现了他的伤疤，从而认出了奥德修斯，并透露出国王终于回到了伊萨卡（Ithaca）的家的消息。在叙事的这个节点，荷马带领读者进行了一次冗长的离题之旅，解释了这个伤疤的来由，这是奥德修斯年轻时猎杀野猪时受伤留下的。也就是说，在当前的重大事件引发的悬念与激动时刻，荷马提供了一个倒叙，意在填补读者知识上的空白，并为本来可能是空白的空间提供详细的内容。与此形成对比的是，奥尔巴赫研究了《创世记》中上帝召唤亚伯拉罕牺牲他的儿子以撒的场景。在这一场景中，几乎没有给出上下文，当然也没有表明时间或地点。如果上帝在和亚伯拉罕说话，他在哪里？上帝召唤他，他回答说："我在这里"，但他所在的确切地点对《创世记》的作者而言并不重要。也就是说，与《奥德赛》不同的是，《创世记》的作者满足于将大量信息放在背景中，或者完全不加以揭示，而只关注那些被认为对叙述目的至关重要的元素。正如奥尔巴赫所理解的那样，这些差异构成了两种**模仿**或表征现实的方法的根本差异。

换一种说法，这不仅仅是作者选择制作这种地图而非那种地图的问题。相反，正如奥尔巴赫分析的那样，总的来说，这是两种截然不同的想象文学绘图的方式。一种是为了在叙事中呈现一个完整的"世俗"世界，填充所有空白；而另一种则认为世俗元素无关紧要，因而将他性世界的（otherwordly）或神秘的经验置于更为显要的位置。正如奥尔巴赫所言，

> 因此，很难想象比这两部同样古老、同样史诗般的文本更具反差性的两种文体（styles）。一者，在确定的时间和地点，外化的、得到统一阐述的现象在永久的前景中连接在一起，没有任何罅隙；思想和感情得到完整的表达；事件从容悠然地发生，几乎没有悬念。另一者，只有为叙述目的所必需的现象得到外化，其他一切都模糊不清；只强调叙事的决定性要素，处于要素之间的是不存在的；时间和地点是不确定的，是需要阐释的；思想和感情没有得到表达，只在沉默和零碎的讲话中暗示；其整体，充满无法缓解的悬念，并指向一个单一的目标（就此而言，这更是一个统一体），始

终是神秘的,且"充斥着大量背景"。

(1953: 11—12)

顺着奥尔巴赫的观点,我们可以说,这两种不同的文体产生了不同的地图。当然,这两种地图都不可能完全无所不包,而且荷马也的确在奥德修斯的神话历史中省略了很多东西。但在史诗的叙事中,荷马的"地图"努力以一种近乎统一的方式展示地理知识;相反,《创世记》的"地图"遮蔽了某些方面,强调了其他方面,这就要求地图读者在图示空间的"线条之间"阅读①。奥尔巴赫的结论是,

> 这两种文体在相互对立中代表了两种基本类型:一者是完全外化的描述,统一的阐释,不间断的联系,自由的表达,所有事件都居于前景,展现出明确的意义,很少有历史发展和心理透视的因素;另一者,是某些部分如浮雕般突显,而其他部分则晦暗不清,是突兀,是未表达之物的暗示性影响,是"背景"性质,是多义性和对解释的需要,是普遍性—历史性主张(universal-historical claims)②,是历史形成物的概念的发展,是对于重重问题的执着思考。

(同上: 23)

---

① 英文"read between the lines"指读出(字里行间的)言外之意。——译者注
② 根据塔利的解释,此处的"普遍性—历史性主张"是一个悖论,意为这些主张同时既是普遍性的(超越历史的),又是历史性的(非普遍性的),而奥尔巴赫使用这个词是为了说明《创世记》充满歧义性和相互矛盾的意象,并由此描述这种文体的特点。——译者注

奥尔巴赫的研究从这两个古老的文本开始，然后一路触及最晚近的各种作品，最后分析了弗吉尼亚·伍尔芙的《到灯塔去》（*To the Lighthouse*, 1927）。因此，他把这两种风格作为西方文学几千年来相互竞争的两种表征现实的模式。作为一种关于欧洲现实主义的宏阔研究，质疑"现实主题在何种程度上、以何种方式受到严肃的、糟糕的，或是悲剧性的对待"（1953: 556），奥尔巴赫的《模仿论》确立了一种看待文学制图学如何发展和运用的方式。

另一位重要叙事理论家是匈牙利哲学家和文学评论家格奥尔格·卢卡奇。他与巴赫金和奥尔巴赫的时代大致相同。在他宏伟的早期研究《小说理论》中，卢卡奇区分了史诗时代和小说时代，并以黑格尔式的立场，主张以小说为典型文学形式的现代世界是以碎片化和开放性为特征的。卢卡奇一开始就对史诗时代做出了颇为诗意的、略带绘图色彩的描述。"当星空是所有可能道路的地图时，那些时代是幸福的——他们的道路被星光照亮。在那样的时代，一切都是新的，但又是熟悉的，充满了冒险，却又是属于自己的。世界是广阔的，但它就像一个家。"（Lukács 1971: 29）

卢卡奇认为："史诗将形式赋予生命整体，而生命的整体是从内部完成的；小说通过赋形，寻求对隐藏的生命整体的揭示和建构。"（同上：60）在卢卡奇看来，史诗的世界是一个统一的或封闭的（就完整/完成的意义而言）整体，人物和叙事形式都是相对静止的。"内斯特是老的，就像海伦是美丽的，或阿伽门农是强大的。"（Lukács 1971：121）卢卡奇还发现："荷马的史诗从中间开始，在结尾并没有结束，这反映了史诗的思想意识中完全漠视任何形式的对建筑式结构的追求。"（同上：67）毕竟，在卢卡奇看来，由于史诗世界已经是一个统一的整体，叙事形式不需要将世界的不同元素投射或组织成一个整体。巴赫金在一篇关于这一区别的早期文章中似乎也持相同观点："史诗的过去是绝对而完整的。它是封闭的，就像一个圆圈，里面的一切都完成了，已经结束了。在史诗的世界里，没有地方可以容纳任何开放性、犹豫性和不确定性。"（Bakhtin 1981：16）

从这个角度来看，小说时代的到来与这种想象的、古老的连贯性或整体性的分崩离析同时发生。史诗可以反映古希腊人的整体性文明，而小说的使命则是投射出一种想象的，或许是暂时的、依情况而定的整体，因为再也没有一个我们可以简单假定的整体了。卢卡奇认为："小说是一个时代的史诗，在这个时代，广阔的生命整体不再是直接给予的，生命意义的内在性已成为一个问题，但这个时代仍然从整体的角度来思考。"（Lukács 1971：56）他在"小说是一个被上帝抛弃的世界的史诗"（同上：88）的表述中，以更具修辞意味的方式重复了这一主张。

卢卡奇描绘的古代世界统一整体的形象一方面是浪漫主义的，因为它假定了一种我们现代人渴望却不可得的已经消失的有机整体；另一方面在很大程度上也是错误的，因为正如阿尔托和其他人所发现的那样，古代世界也需要对空间展开勘测，把这些空间编织在一起，并投射出一个世界。然而，卢卡奇将小说形式作为对"超验的无家可归"的一种表达（Lukács 1971: 41），这是一种能唤起情感和记忆的概念，与20世纪哲学和文学理论中许多更直接的空间话语有着直接联系。正如以下几节将要讨论的那样，这种"无家可归"感导致某种绘图需求，而与文学绘图相关的艺术形式，无疑从我们对地方感的普遍不安中获得力量，被我们所欲求。卢卡奇会把这种不安比作一种整体感的丧失。他认为："艺术是专为我们而作的关于世界的虚幻现实，且因此变得独立了：它不再是复制品，因为所有模板都消失了；它是一个被创造出来的整体，因为形而上学领域的自然统一性已被永远摧毁。"（同上：37）虽然早期卢卡奇的著作几乎是怀旧式的——这也许违背了他的意愿，但对一个被上帝抛弃的世界中的现实的表征，使后来萨特或詹姆逊研究中的更积极的绘图工程成为可能。

存在焦虑与地方感[①]

尽管卢卡奇的"超验的无家可归"概念与"存在焦虑"（existential angst）概念源自不同哲学传统，服务于不同目的，但前者却是后者的先驱，而后者则对文学与通俗文化产生了重大影响，尤其在第二次世界大战之后。谈到存在主义，最容易使人想到的是德国哲学家马丁·海德格尔的早期著作，尤其是他1927年的《存在与时间》（*Being and Time*, 1962年英译），以及法

---

① 原文为"Anxiety and a sense of place"，此处之所以将"anxiety"翻译成"存在焦虑"，是因为作者是在存在主义哲学的意义上谈论"anxiety"，指的是"angst"。——译者注

国哲学家、批评家、小说家、剧作家让-保罗·萨特的著述。萨特在著作中大大普及了"存在主义"这个术语,其中包括1947年的《存在主义是一种人文主义》(Existentialism Is a Humanism,2007年英译)。当然,存在主义并非一个正式的哲学流派,不少明显的存在主义准则与观点或许能在作家、哲学家、心理学家、社会学家、历史学家的著作中看到,但这些人往往拒绝"存在主义者"这个标签。然而,来自存在主义话语的基本术语,正如弗洛伊德心理分析或马克思主义理论中的许多概念一样,已经进入日常生活词汇和思考。而且,我认为,如今与后现代状况或后工业社会相关的根本意义上的"无地感"和迷失感正类似于海德格尔、萨特等人所分析的无处不在的焦虑感。

德语单词"Angst"(畏)是存在主义的关键概念。该词被翻译成多种意思,如焦虑、恐惧、痛苦,在具体使用中这几个词常常可以互换,有时甚至无须翻译,因为该术语的存在主义意义已经进入英语词汇。萨特认为,"畏"是人的基本存在状态的必要谓语(predicate)①,即"存在先于本质"(萨特在《存在与虚无》等著作中论述了这一观点)。萨特借用了海德格尔在《存在与时间》中的观点:"此在(Dasein)的'本质'在于它的存在(existence)"(Heidegger 1962: 67),在存在中"此在"代表着人在世界之中;也就是说,"在世"的必然特征就是"存在着"。在存在中,人处于世界之中,不可能在其他任何地方;人

---

① 英语语法中的"predicate"指的是句子中主语之外的所有成分,如在"The basic, existential condition is angst"这句话中,谓语是"is angst"。

无法寻求外在的、超验的或永恒的根据来证明自己的存在，或找到某种与这个世界无关的本质或意义。萨特由此得出结论，每个人必须拥有创造自己存在意义的自由；即每个主体都应当以某种有意义的方式精心安排自己生命的各个部分，以建立一种"地方感"和在世的目的。

萨特将"存在先于本质"作为"存在主义的第一原则"，并解释了他的看法：

> "存在先于本质"是什么意思呢？意思是，人首先存在着：他在世界中先是物质性的，然后遇见自己，然后才能定义自己。如果在存在主义者的设想中，一个人无法被定义，那是因为他最初只是无（nothing）。在一段时间里他什么都不是，直到后来，他将成为自己所尽力成为的人。
>
> （2007: 22）

这种自由来自一种普遍的不适状态。这种不适在萨特1938年的小说《恶心》中被夸张地称为"恶心"，这其实也是痛苦、恐惧或焦虑的身体表现。在萨特看来，人所感受到的焦虑源自这样一个事实，即"人是被迫自由的：被迫是因为人并非自己创造自己；但人却是自由的，因为一旦被抛入这个世界，人为自己所做的一切负责"（同上：29）。焦虑来自不知道自己的行为是否正确（或者说，来自知道没有任何行为在根本上是对的或错的），从而承认（虽然是消极地承认），人必须拥有选择正确或错误道路的自由。因此，焦虑感是人发自内心的对于无法逃避的自由的承认。

然而，如果自由是存在焦虑的根源，那么对萨特而言，自由也是克服焦虑的方法。焦虑与行动的自由相伴而生，不可避免地具有一种无处不在的异化感。这是一种"暗恐"体验，一种普遍性的不舒服，往往难以描述，是丹麦哲学家索伦·克尔凯郭尔（Søren Kierkegaard, 1813—1855）在他1843年的著作《恐惧与战栗》（*Fear and Trembling*）中所讨论的那种无名的恐惧，是电影制片人在恐怖片中不断展示的内容。在《存在与时间》中，海德格尔断言，焦虑总是与"暗恐"相关，德语所对应的词unheimlich①含有"陌生"之意，因为unheimlich意味着"非家园感"（un-homely）："在焦虑中人们感到'骇然失其所在'［unheimlich，作者加注］。在此，此在发现自己在焦虑中所伴随的那种特有的不确定性，大致可表达为：无与无处（nothing and nowhere）。但此处的骇然失其所在也意味着出离家园（not-being-at-home）［*das Nicht-zuhause-sein*］（Heidegger 1962: 233；中括号中的内容是引文中原有的）。"我们所在的世界不是我们自己创造的，而我们的本质（即存在本身）要求我们

---

① 德语单词 unheimlich 从构词法看，由词根 heim［家］和否定前缀 un 构成，相当于英语单词 un-homely；常用意思为"怪异的""可怕的""危险的""感到无名恐惧而茫然失措的"，对应英文单词 uncanny。海德格尔《存在与时间》的英译本一般都将 unheimlich 译为 uncanny。在中文译本中，该词常常被译为"出离家园""茫然失其所在""茫然骇异失其所在"。——译者注

塑造我们的世界。正如我们看到的，人类的根本状况是"出离家园"，这令人想起卢卡奇将现代性看作"超验的无家可归"的状态。因而，我们需要讨论，焦虑中的人如何应对其发现自己所在的陌生的或诡异的空间。

萨特的答案是，我们通过投射创造意义，并塑造我们的存在。在导致迷失感的焦虑中，人可以自由地投射出对世界和个人在该世界所在位置的图示性表征。该表征是理解事物的方式；这种投射则成为一种隐喻的绘图。通过绘图，通过理解或塑造世界，有可能克服迷失感，或者说，克服海德格尔意义上的"出离家园感"。换句话说，通过绘图——绘图是一种隐喻，指汇聚直接或间接影响人类生活的各种力量，但此处具有明确的空间性含义——有可能克服这种焦虑和超验的无家可归感。如果主体无法确切地获得"家园感"，至少可以建立一些策略，帮助自己在日常生活的诡异空间中辨认方向。于是，人的投射行为，确确实实地定义了人的存在。萨特指出，任何人的投射都必然与他人的投射相关，且人的投射行为是主体与世界交往的本质。于是，从早期萨特的存在主义概念中，我们可以看到另一种形式的文学绘图的轮廓。该绘图在想象力的范围内投射出一个有意义的整体，可将其用于在社会空间中帮助辨认方向。而这投射本身就是一种"地图绘制"。实际上，詹姆逊所指的"认知绘图"恰恰涉及这样一种投射，而且至少就其某一种含义而言，认知绘图被构想为克服现代生活中存在异化的一种方法。

认知绘图的美学

如第一章所述，詹姆逊的"认知绘图"概念已成为与空间转向、后现代主义相关的文学、文化理论中最具影响力，有时也是最具争议的概念之一。同时，对这个概念的界定并非总是那么清晰。部分原因是，自从詹姆逊在1984年的文章《后现代主义，或晚期资本主义的文化逻辑》（该文经修改，在其1991年出版的书中以同样的标题作为其中的一章）中提出这个概念，他一直在不断完善该术语的定义。此外，尽管他在更晚近的著作中不太使用"认知绘图"这个词，这个隐在的概念继续影响着他关于晚期资本主义或全球化的全方位的批评。实际上，我认为，詹姆逊的认知绘图美学是他此生的理论工程——对文学形式和社会结构之关系的理论化——的核心；并且，认知绘图本身也是文学绘图工程的一种重要模式。

尽管詹姆逊在五十多年的职业生涯中保持着非凡的学术连贯性，但他却以多种方式发展和使用"认知绘图"这个概念。例如，有时"认知绘图"指的是某主体在复杂的社会组织或空间环境中确定自身方位的努力。这恰如在陌生城市中行走的个人，试图获得一种具体的地方感，即此地与自己心理地图上其他地方的关联。这一构想过程显示，认知绘图对于克服迷失焦虑而言是一种多么关键的方法，此迷失焦虑既是最急迫的日常生活层面的，也是更为哲学的或存在意义层面的。其他时候，詹姆逊又提出一种在多民族的、晚期资本主义世界体系中的超个体的、抽象的或"客观的"空间生产，这意味着认知绘图这一工程不可能只局限于个体的单个视角。而且,詹姆逊的辩证思想体系或许进一步加剧了此概念的复杂性。在其辩证体系中,多种元素甚至对立的元素被一种统一化或整体化的力量——正如辩证法或资本本身——组织在一起。詹姆逊愿意接受各种迥异的批评理论或批评实践,其中有些理论或实践与他所提出的论点背道而驰。他将这些元素加以综合,并融入其更大的哲学理论或批评理论中。在詹姆逊式的黑格尔的"扬弃"(Aufhebung)过程中——"扬弃"乃概念同时被消解、保存、改变和提升——詹姆逊常常能消解他人观点,同时又保存其要义,并以辩证的方式提出自己的论点。

众所周知,詹姆逊在其1984年关于后现代主义的文章中提出了认知绘图这个术语,但其实他早就开始构思并发展这个概念。正如我在本章中指出的,20世纪叙事理论和小说理论的发展本身就带有隐在的,有时甚至是显在的绘图观念,或者说空间性观念。詹姆逊是奥尔巴赫的学生,而且是卢卡奇和其他欧洲理论家思想的研究者和捍卫者。因此,他在发展"认知绘图"概念的过程中,必然借鉴了与模仿、比喻、再现和文类相关的论述。他在《马克思主义与形式:二十世纪的辩证文论》(*Marxism and Form: Twentieth-Century Dialectical Theories of Literature*, 1971)中关于卢卡奇、萨特、本雅明、恩斯特·布洛赫(Ernst Bloch)和赫伯特·马尔库塞(Herbert Marcuse, 1899—1979)的讨论中,已经触及后来被看作认知绘图的许多方面。

詹姆逊在其1977年的文章《当代大众文化中的阶级和寓言》("Class and Allegory in Contemporary Mass Culture")中——此文收入他1992年讨论电影的著作《可见的签名》(*Signature of the Visible*)——以1975年的电影《热天午后》(*Dog Day Afternoon*)为例,讨论了艺术作品的修辞性如何可能表征一种现实,这种现实比具体的、局部的个人行为所描述的现实更大,更有意义。个体试图表征更大的社会关系的总体性,即便他们参与的是细微的、具体的日常行为——在这个例子中是那场搞砸了的银行抢劫。但银行抢劫行为最终不如抢劫发生的社会环境和空间环境重要。在这个环境中,观察者能识别那个社区杂货店的趋于坍塌的世界,那个中产阶级环境中紧张而虚假的稳定性,以及一个具有预示性的全球性/共同性存在[①](a multinational or corporate presence)的大致轮廓,这样的存在将以迄今不可见的方式对所有人产生影响。虽然詹姆逊在此文中并未使用"认知绘图"这个术语,但正如他在《后记》中明确提及的,他显然已经开始构思并阐述这个概念(Jameson 1992b: 54)。目前看来,他第一次明确使用该术语,是在其颇具影响力的著作《政治无意识:作为社会象征行为的叙事》(*The Political Unconscious: Narrative as a Socially Symbolic Act*, 1981)中。他在讨论传奇与现实主义的相互关系时对此概念加以命名。他写道:现实主义,"不管其呈现为哪种形式,在传统上都是马克思主义美学的主要模式,且作为一种叙事话语,将日常生活经验和一种恰当认知的(cognitive)、绘图的,或近乎'科学'的观点结合起来"(Jameson 1981: 104)。尽管"认知的"、"绘图的"这两个词

---

① 全球性/共同性存在:此处指全球金融系统,该电影中的银行正是这一系统的一部分。在詹姆逊看来,电影中的局部场景揭示了隐藏在更广阔的全球系统中的各种元素。——译者注

被顿号隔开，但詹姆逊已然揭示出：认知绘图正如文学绘图，兼有现实主义和浪漫主义、奇幻故事、寓言等特点；这是一个解释力极强的出发点，因为此绘图工程需要运用比喻和模仿来表征真实的和想象的空间。

尽管我在本章提出，这种文学绘图已经成为我们理解世界的关键方式，但詹姆逊却强调了后现代性的独特性。这种后现代性，或者说跨国资本主义/全球化，最明显的是空间迷失，最迫切的是需要新型的表征方式。詹姆逊在对后现代状况的简要评述中，首先通过各种例子描述了全球化时代的文化状况与之前的社会历史形式的根本差异和相互关联。事实上，他部分借用了雷蒙·威廉斯在《马克思主义与文学》（*Marxism and Literature*, 1977）中关于"残存、主导与新兴"文化形式的讨论，指出后现代主义是一种"主导型文化形式"，但后现代社会也包含着此前社会阶段的许多元素，并同时孕育着将来社会形式的种子。尽管如此，詹姆逊却认为，更早期的现实主义或现代主义美学实践在我们的后现代状况中已不再适应，甚至不再可行；而且，那种视民族—国家（nation-state）为组织模式的观点将无法继续为当今权力与金钱的全球化接力提供令人满意的绘图；因而，我们需要发展一种认知绘图的美学，这或许能对抗我们试图理解世界体系时所面临的严重表征危机。当然，该问题的部分原因是，正如利奥塔（1984）与其他学者所阐述的，后现代状况的碎片化倾向排斥任何视"系统"为整体的理解。詹姆逊的反应需要一种带有现代主义意味的策略①，凭此或许能在后现代生活的碎片与移动中投射并表征某种失去的整体性。目前的文学绘图必须处理此类危机。

  詹姆逊的"认知绘图"概念主要有两个来源，一个偏实践，一个偏理论，虽然理论与实践不可能完全相互剥离。认知绘图的第一个模式源自美国城市规划者凯文·林奇关于都市空间的研究《城市意象》，第二个模式来自法国哲学家路易·阿尔都塞的著名文章《意识形态与意识形态国家机器》（"Ideology and Ideological State Apparatuses", 1971）。詹姆逊后来写道："现在，认知绘图可以被描绘成处于阿尔都塞与凯文·林奇之间的综合体。"（Althusser 1991: 415）

  林奇的《城市意象》将"可意象性"和"寻路"这样的术语引入都市研究，并主要研究了城市中的个体或群体如何想象周围环境，如何在周围空间中通行。这一研究框架在根本上是现象学的：其预设了一个心理主体，此主体主要通过使用视觉参照点为城市景观"绘制地图"，并能寻得在其中移动的道路和方法。通过图解，林奇比较了三个差异明显的城市（波士顿、泽西城、洛杉矶），并对比了主体如何看这些城市，如何给这些城市绘图。波士顿有着人们熟知的界标、边界和行政区（如显眼的约翰·汉考克大厦、具有边界标志功能的查尔斯河、独具特色的市中心），因此人们更容易在头脑中形成关于这座城市的心理

---

① 根据作者塔利的解释，现代主义美学试图通过艺术将万物崩溃后的碎片重新组合成有序的整体，而詹姆逊的"认知绘图"也试图在普遍的无序中重组碎片，或通过艺术创造出某种秩序，因而他的策略是具有现代主义意味的。——译者注

地图，且在城市空间活动时遇到的认知困境更少。与此形成反差的是，林奇的经验式研究发现，泽西城缺少传统的界标，或可轻易"意象的"地方，他还发现"调查对象中无人对这座已居住多年的城市拥有全面的视野。他们绘制的地图往往是碎片式的，留有大片空白地区，大多数地图只集中描绘自家的小范围住宅区域"（Lynch 1960: 29）。这代表着城市异化的一种模式；这是一种难以被图绘的城市空间——即便人们在此生活，在此活动；在一定程度上，混乱是其特点，或许可比拟为海德格尔和萨特所描述的存在焦虑。在爱德华·苏贾的《后现代地理学：重申批判社会理论中的空间》（*Postmodern Geographies: The Reassertion of Space in Critical Social Theory*, 1989）和《第三空间：去往洛杉矶和其他真实和想象地方的旅程》（*Thirdspace: Journeys to Los Angeles and Other Real-and-Imagined Places*, 1996）中，洛杉矶得到了更为详尽的分析，但在林奇这里则是另一种城市模式。然而，既然洛杉矶似乎是为汽车交通而规划的，并且不管怎样都是汽车占主导地位的空间，那么这座城市为其居民所提供的空间则少了些直接生活空间的特点。① 在林奇所考察的城市中，波士顿是最"可意象的"，给个体在都市景观中的"寻路"造成的认知阻力最少。

在林奇分析的基础上，詹姆逊提出了认知绘图的暂定定义：此绘图"需要在实践中重新把握地方感，需要建构或重构一种

---

① 塔利的意思是，开车或乘车经过一个地方并不等同于生活在那里，因此，如果一个城市中的主导空间是为汽车交通设计的，那么，这个城市就少了些生活空间的意味。

能保存于主体记忆的连接而成的整体（articulated ensemble），此整体是主体沿着变动不居的行走轨迹不断绘制而成的"（Jameson 1991: 51）。林奇的研究只限于都市经验，但詹姆逊感兴趣的是将林奇的模式扩展到国家空间或全球空间，他认为这些空间与后现代状况更为相关。于是，阿尔都塞的意识形态理论为詹姆逊提供了另一种模式，此模式使得詹姆逊能够将林奇"寻路的"个体绘图者的都市视角扩展到认知绘图所需要的全球视野。阿尔都塞将意识形态定义为"对个体与真实生存状况之想象性关系的表征"（Althusser 1971: 167）。詹姆逊认为，在理论上，这恰恰就是个体试图绘制城市心理地图并在城市中通行时的实践行为。正如我之前指出的，这与詹姆逊更早发表于《政治无意识》中的关于小说和（广义而言）叙事的观点十分相似。在此，阿尔都塞对意识形态的表述，或者说皮埃尔·马舍雷（Pierre Macherey）和埃田·巴利巴尔（Etienne Balibar）关于文学文本的观点（Jameson 1981: 53），都暗示了文学的使命：为现实矛盾提供想象性解决方案。由此可见，詹姆逊表述为认知绘图的东西，实则是对文学绘图的另一种想象方式。

尽管詹姆逊认为认知绘图这一策略适用于后现代性或晚期资本主义的特定状况，他却提供了更早历史时期中类似于认知绘图的例子。在他称为"关于绘图的题外话"的几段文字中，他认为林奇的可意象性和寻路中的认知绘图实际上是前绘图学的（pre-cartographic），更接近于**行程**（itinerary）而不是地图（我会在第四章再讨论行程与地图的区分）。地图需要一种取代个人单一视角的对全局的概览，而行程则是"围绕行走者的旅程组织而成的路线图，此旅程以主体为中心，或者说是存在性的，并且在行走中各种重要的空间特征都得到标记"（Jameson 1991: 51—52）。詹姆逊将林奇的寻路者形象比作寻找海港的古代航海图，或波托兰航海图（portulans），"上面标注了各海港的海岸特征，以便那些极少驶入开阔海域的中世纪水手们使用"（同上）。后来，随着指南针和六分仪技术的进步，出现了一种更复杂的认知绘图形式，因为个人与宇宙或客观条件的关系——如个人所处的位置与星星的关系——会补充或改变单个原子个体的经验知识。他认为："就这一点而言，在更宽泛的意义上，认知绘图需要协调存在信息（主体的经验位置）与关于地理整体性的非经验（unlived）抽象概念之间的关系。"（同上）最后，正如本书第一章所讨论的，随着1490年地球仪和随后墨卡托投影的出现，"制图学的第三维出现了"，詹姆逊认为这导致了新的表征危机，并将此称为"变曲线空间为平面图时的无解（几乎是海森堡式的）难题"。那些"幼稚"模仿性地图——在这些地图上，制图者怀着诚实的初衷尽可能真实地描绘计算好的空间——变得不再特别有用；不久，不可能有"真正的地图"（同上）变成了明显的事实。我们会想到，墨卡托投影有意扭曲了地理空间，以绘制出更实用的地图，这种地图让水手们更容易使用直线确定航道，虽然某些地方（如格陵兰岛）的面积被夸大到离奇的程度。詹姆逊断言，这代表着地图绘制史的分水岭，因为完美的模仿性地图不可能，也不可取，却因此开启了更好、更实用的地图的可能性。或许我们可以加一句：这些地图是故意被绘制成修辞性或比喻性的。

詹姆逊关于绘图的题外话结束于对更实际问题的思索：如何"重新审视关于社会空间的特定地理问题和绘图问题"，如聚焦于"我们的认知绘图方式，通过这些方式我们所有人都不可避免地也绘制自己与地方的、国家的或国际的阶级现实之间的社会关系"（Jameson 1991: 52）。实际上，正如詹姆逊后来所承认的，"'认知绘图'只不过是'阶级意识'的代名词，是一种可以解释'内隐于后现代的新空间性'的新名词"（同上：417—418）。然而，不论其目的是表征一种无法表征的国际性社会阶级，还是如詹姆逊的模式所显示的，在一个广阔的、看似无法表征的社会空间中确定个人与他人的位置关系，都需要绘图工程。因此，詹姆逊意识到，考察阿尔都塞的"意识形态"概念必须关注其中隐含的雅克·拉康的心理分析理论，因为该理论曾给阿尔都塞带来灵感。虽然拉康的"想象界"（the Imaginary）和"现实界"（the Real）被融入阿尔都塞的意识形态理论（作为解决现实矛盾的想象性途径），但詹姆逊指出，拉康的第三个元素"象征界"（the Symbolic）是认知绘图工程的根本。在拉康看来，想象界出现在"镜像阶段"（mirror stage），该阶段的婴儿拥有一种自我形象连贯性的幻觉。这与阿尔都塞的"虚假意识"（false consciousness）相契合——马克思在《德意志意识形态》（*The German Ideology*, 著于1846年）中对此做过分析——只不过，在阿尔都塞的理论中，这个过程是认知性的。也就是说，意识形态是主体将世界和自我理解成连贯实体的方式。象征界的秩序，对拉康而言是父权（the phallus）法则，在阿尔都塞看来则是进入"意识形态国家机器"的入口。拉康认为现实界是无法表征的,但阿尔都塞认为这涉及生产的真实关系。回到詹姆逊这里,拉康的或阿尔都塞的象征界秩序标志着语言或"文字"的介入,因而这也是文学出现的维度。那么,詹姆逊的"认知绘图"概念可被看作文学绘图的一种形式。实际上,詹姆逊在全文多处暗示,叙事本身就是一种认知绘图,而与现代状况,尤其是后现代状况相关的表征危机则向叙事与绘图的有效性和目的性提出了质疑。

叙事与社会空间

继亨利·列斐伏尔(第四章会进一步讨论他的理论)之后,詹姆逊通过分析空间生产的不同历史阶段,对他的地图绘制简史做了补充。詹姆逊将历史上的不同空间组织和资本主义的各个阶段联系起来,这些阶段是经济学家恩斯特·曼德尔在他那本影响深远的《晚期资本主义》(*Late Capitalism*, 1975)中提出的。詹姆逊从空间表征史转向空间生产史,并集中讨论了曼德尔所分析的资本主义发展的三个阶段:市场资本主义、垄断资本主义或帝国主义阶段,以及跨国资本主义或晚期资本主义。詹姆逊将最后这个阶段与后现代主义及全球化联系在一起。他提出:"资本主义的这三个阶段各自形成了一种独有的空间类型,尽管这三个阶段之间有着深刻的相互关联,这种关联远胜于其他生产模式的空间之间的关系。"(Jameson 1991: 410)叙事,作为表达经验和表征现实的方式,是对不同空间组织的回应,并会受到不同空间组织的影响。

詹姆逊发现,市场资本主义的空间是由笛卡尔式的坐标方格构成的空间,是井然有序的城市空间,并且与更宏阔的测量世界和将之世俗化和秩序化的启蒙工程相关。与此紧密相联的主要审美形式是现实主义,而现代小说的兴起亦与这一历史空间相关。詹姆逊正是在这一历史语境中谈论《堂吉诃德》的,恰如卢卡奇将小说当成某种"超验的无家可归"来讨论。旧的意义形式和组织形式逐渐消失,或者说,已经屈从于几何空间的抽象形式与祛魅性(disenchantments),但这种形式至少能促成一种相对而言"可绘制"(mappable)的社会空间。现实主义使得地方和空间关系具有意义,虽然这必须通过叙事或审美手段将赋形因素或意义创造因素强加于它们。

后来,随着垄断资本和帝国主义的出现,尤其是在19世纪末、20世纪初,出现了一种新的国家/民族空间(national space),而且这一空间已经呈现出国际化趋势。由于日常生活经验不足以理解(在哲学意义上)产生并制约这些经验的结构,这个时期的作品需要另一层面的空间投射,下一章将深入探讨这个问题。由于隐喻或修辞(figuration)的问题越来越急迫,因此与现代主义相关的写作技巧(如意识流、蒙太奇和空间形式)或许可以被看作克服表征危机的尝试。[1]詹姆逊指出:

---

[1] 塔利的解释是:在绘图的语境中,所有表征(representation)都是比喻性或修辞性的(figural or figurative),因为对某事物的"表征"与该事物并不匹配,而只是对该事物的比喻或修辞(figure;比如,在地图上,一个点是对某座城市的比喻[figure])。因此,当现代主义作家试图表征一个越来越无法表征的现实时——因为太复杂、太宏大——他们求助于不同的"比喻或修辞"技巧,比如意识流(模仿大脑处理现实的方式)或拼贴(表示碎片之间的联系等)。由于"真实的地图"(即"字面义"的表征)不再可能,我们需要想出更好的方法来绘制"比喻性/修辞性"地图。——译者注

> 在这个阶段①，个体主体的现象学经验——在传统文学作品中，这是最重要的艺术素材——局限于世界上的某个小角落，位于从某个固定视角看到的伦敦或乡村或其他任何地方的某个部分。但是，这种经验的真相与产生该经验的地点不再相符。关于伦敦的局部日常生活经验的真相在印度或牙买加；它与决定个人主观生活质量的大英帝国的整个殖民体系联系在一起。然而，那些结构性坐标是直接生活经验无法再抵达的，甚至对大多数人而言，是无法概念化的。
>
> （1991: 411）

此处的悖论在于，那种经验不可能既是"切实体验的"又是"真实的"，因为个人经验的物质基础无法被直接理解；与此相似的是，个人经验如今已无法把握我们借以弄清"真相"的模式。对詹姆逊而言，现代主义文本中对语言和文体的革命性实验体现了"想要解决这一难题并创造出克服这一困境的新策略的努力"（同上）。

从这种民族主义空间（nationalist space）到晚期资本主义的后现代或全球化空间之间，是如何发生"质的飞跃"的？想要弄清这一点，比了解上一次空间变化更难。不过，这个问题的部分答案在于，国家/民族空间，或者说"想象共同体"——贝内迪克特·安德森对民族的著名定义（1991）——的空间，在多大程度上未能记录资本在以前想象不到的地方的彻底渗透。詹姆

---

① 指20世纪初期，即现代主义盛行的时期。——译者注

逊并未清楚地标明这一转变，他只是暗示变化或许在于程度的不同："如果帝国主义时期是这样，那么我们这个时代更是如此"（Jameson 1991: 412）。但随着殖民帝国的瓦解，至少是在其直接政治控制的最可见形式上的瓦解，某种形式的国家的衰落为全球或多民族空间创造了可能，这一空间的每个角落都充斥着资本。这一状况在一定程度上与戴维·哈维意义上的"对距离的压制"或"时空压缩"（见Harvey 1990: 284—307）有关，这些是后现代性和晚期资本主义的新技术所带来的。几乎瞬间发生的边界跨越和再跨越，伴随着令人眼花缭乱的金融和交流模式的发展，导致了一种在世界中的空间焦虑感。

这种后现代空间状况，意味着对距离的压制和空间的饱和度都比此前的资本主义阶段更甚。然而，与这些日益复杂的空间相关的迷失感、焦虑感和绘制空间的困难在早先的时期已然十分明显。"认知绘图"，正如詹姆逊自己承认的，其实是"一种更具现代主义特质的策略"（Jameson 1991: 409），而且显然借鉴了奥尔巴赫意义上的比喻性（figuration）、卢卡奇的总体性（totality）和萨特的存在主义。科林·马克卡贝（Colin MacCabe）在为詹姆逊的《地缘政治美学：世界系统内的电影和空间》（*The Geopolitical Aesthetic: Cinema and Space in the World System*）所作"前言"中指出，"认知绘图"概念为詹姆逊的文化理论解决了一个问题："詹姆逊需要的是对一种机制的描述，这种机制将个人幻想和社会组织连接起来"（Jameson 1992a: xii），而认知绘图"是政治无意识所丢失的那部分心理，政治无意识是关于后现代主义的历史分析的政治边缘,是对詹姆逊的研究的方法论解释"(Jameson 1992a: xiv)。詹姆逊在解释自己对认知绘图的使用时声称:"至少在我看来,这个概念具有这样一种优势,既涉及了具体的内容(帝国主义、世界体系、臣属性、附属国/地、霸权主义),同时又必然涉及对一种新表征方式的形式分析(既然对这个概念的界定主要在于表征本身的困境)。"(同上:188—189)而在全球化时代,许多作家和电影制片人"已经将艺术的使命看作绘制出新的地缘时事地图"(同上:189)。

　　文学绘图要求阅读和阐释的方法与叙事空间性相适应。下一章将讨论批评家提出的阅读此类叙事地图和理解文学空间的几种方法。就像亚哈为了寻找白鲸而钻研地图时的情形,我们在阅读地图时,也会发现自己和自己所在的空间不断被重写,不断被重新绘制。

第三章 文学地理

如果说作者通过文学手段,以不同方式绘制他们世界的真实与想象的空间,那么读者也就参与到一个更广泛的绘图工程中。毕竟,地图阅读者也是文本的读者,而文学地图的读者也可以想象一个空间,绘制一个轨迹,并将自己定位于所描绘的世界中。更重要的是,读者绝不仅仅是一个容器,被动地接收地图或文本所传递的空间信息,而是主动地决定蕴藏于地图中的变动不居且转瞬即逝的意义。在作者的文学制图学之外,我们可以加上读者的文学地理学。批判性读者变成了某种地理学家,他们积极地解释文学地图,因而能呈现出新的,有时是至今未曾预见的绘图方式。

文学地理学也是一个研究领域,有许多学者积极从事这一领域的研究。例如,巴巴拉·皮亚蒂在《文学地理学:场景、情节和奇幻空间》(*Die Geographie der Literatur: Schauplätze, Handlungsräume, Raumphantasien*, 2008)中分析了文学的地理空间。她和她的研究团队正在努力绘制一本欧洲文学地图集,其部分灵感来自弗朗科·莫瑞迪在《欧洲小说地图册,1800—1900》和其他著述中对文学地理学的呼吁。后文将讨论这一点。然而,本书对这个术语的使用,含义更宽泛,且更具隐喻性。本书并不使用实际的地理科学或方法，比如全球定位系统，来帮助阅读文学中"真实并想象"的空间，而是将文学地理（学）①看作对叙事和其他文本的文学绘图的补充和对应。例如，正如文学可能是一种绘图手段，绘制出某部作品所表征的地方，这些地方本身也深深浸染在一种文学历史中，这种文学史改变并决定了这些地方将如何被"阅读"或绘制。正如意大利小说家伊塔洛·卡尔维诺对巴黎的看法，

> 一个地方必须成为一种内在的风景，让想象力居住在那个地方，把它变成想象力的剧院。现在巴黎已经成为世界文学的广阔内在风景的一部分，成为我们所读作品的内在风景的一部分，这些作品在我们的生活中都是有价值的。在成为现实世界的城市之前，巴黎对我而言，就像对世界各国的数百万其他人一样，一直是我通过书本想象出来的城市，一座你阅读时所占用的城市。
>
> （2004: 167）

---

① 在本书中，塔利对"literary geography"的使用既包含作为学科的"文学地理学"之意，又（主要）指读者阅读文本时对作者的文学绘图的解读和对文本的"再绘图"，还可指读者阅读文本时的绘图方法和绘制出的"阐释地图"，因此，译文将根据上下文将这个术语翻译成"文学地理""文学地理学"或"文学地理（学）"。但塔利在后来的研究中修正了自己的思想，将读者对文学绘图的解读称为"geocriticism"，而用"literary geography"指称作家在自己的文学绘图中所绘制的"领土"，并将其限定于文本世界。具体可参考 Robert T. Tally Jr., *Topophrenia: Place, Narrative, and the Spatial Imagination*, Indiana UP, 2019; 方英：《文学绘图：文学空间研究与叙事学的重叠地带》，《外国文学研究》，2020 年第 2 期，第 39—51 页。——译者注

巴黎，与许多以此为背景的书籍和电影一样，也是一个有待阐释的想象空间，一个适合于文学地理学的主题。文学地理学意味着一种阅读形式，这种阅读关注文本中的空间和空间性，但它也意味着关注影响文学和文化生产的不断变化的空间形态或地理形态。这可能涉及文学记录不断变化的社会空间构造的方式，以及文本表征或绘制空间和地方的方式。从某种意义上说，这就成了从文学史到文学地理的转变，正如莫瑞迪经常描述的那样，只不过空间也是历史的，空间形态的历史往往与叙述形式的历史相重叠。对于对这些重叠领域感兴趣的文学批评家和文学史学家来说，文学地理学提供了一种重要的研究文本的方式。接下来，本章将借鉴几位致力于探究空间性与文学问题的批评家的著述，来考察一种以空间为导向的文学阅读。

地方的精神

英国小说家和评论家劳伦斯在1923年的《美国古典文学研究》(Studies in Classic American Literature, 1923年首次出版）一书中，首先讨论了"地方的精神"，这是他从"地方的精灵"（genius loci）①这一古代概念发展而来的，genius loci是守护某个特定地方的神灵。在劳伦斯那里，地方精神具有半科学半神秘的意味。他认为，这种"精神"渗透于——甚至指引并控制着——生活在那个地方的人们的思想。他解释道，

---

① "genius"为"（某地的）守护精灵"之意；"loci"为"地方，地点"之意，是"locus"的复数形式。

每个大陆都有属于自己的伟大的地方精神。每个民族都在某个特定地区——家，或家园——形成自己的特性。地球表面的不同地方有着不同的生命流动，不同的振动，不同化学物质的释放，拥有不同星空的不同极区：随你怎么称呼它。但地方的精神是一个伟大的现实。

(1961: 5—6)

劳伦斯对这一概念的使用是为了解释一个民族的特性，在他的研究中，援引地方精神是为了理解19世纪美国主要作家为何以他们的方式写作。然而，地方精神似乎与作家如何绘制他们的空间（即文学制图学）关系不大，而更多地与读者如何阅读作品有关；换句话说，地方精神与文学地理（学）的关系更密切。这并不是说作者并不参与文学地理学，只不过，文学文本的许多读者（当然也包括作者，他们的作品受他们自己的阅读影响）采用一种地图阅读的形式来阅读某些作品。地方精神往往在阅读文本的过程中得以显现。

与劳伦斯同时代的英国小说家弗吉尼亚·伍尔芙有一篇早期评论文章，其主题（和标题）为"文学地理学"。文中，伍尔芙评论了两本书《萨克雷的国度》(*The Thackeray Country*)和《狄更斯的国度》(*The Dickens Country*)，这两本书旨在带领两位著名小说家的崇拜者游历作家确实到过的那些地区。伍尔芙谈到，出版商在"朝圣系列"(pilgrimage series)中选入了这些书籍，这意味着读者将把这些文本当作旅行手册，帮助他们在英国的自然地理中穿行，以寻找他们从萨克雷或狄更斯小说的"虚构"描述中已经了解到的"真实的"地方。伍尔芙建议，可以用两种方式来描述我们进行此类朝圣的"精神"：

> 我们要么是情感的朝圣者，在萨克雷按过的门铃上，或者在狄更斯在同一扇窗户后面刮胡子这样的事实中，发现一些刺激想象力的东西；要么是具有科学精神的朝圣者，参观一位伟大小说家居住的乡村，为了看一看他在多大程度上受到他周围环境的影响。
>
> （1977: 158）

伍尔芙认为，这两种动机都可以得到"合理的满足"，但小说家对某一特定地点的描述和他们自己与这片土地的传记性联系并不完全吻合。可以肯定的是，尤其是对于那些在写作背景或写作范围方面被认为是"区域性"的作家，读者会更直接地将作者与所描绘的人物和地理联系在一起。伍尔芙写道："司各特（Scott）笔下的男人和女人都是苏格兰人；勃朗特小姐（Miss Brontë）喜欢她的荒野。"（同上）但是，对于读者来说，年轻的萨克雷和狄更斯在英国各地的游历不如贝基·夏普或大卫·科波菲尔的历险有价值。

伍尔芙的结论是，试图在狄更斯或萨克雷的文学绘图与伦敦的自然地理之间建立有意义的联系是错误的：

> 作家的乡土是他自己头脑中的一片领土；如果我们试图把这些虚构的城市变成真实可触的砖块和灰泥，我们就冒着幻想破灭的危险。在那里，无须路标或警察，我们认识自己的路；无须他人介绍，我们可以问候路人。实际上，这是我们为自己和志同道合者建造的城市，没有哪座城市比这更真实了；而坚持地球上的城市里有任何类似的地方，就等于剥夺了它一半的魅力。
>
> （1977: 161）

因此，对于伍尔芙来说，读者想要参观萨克雷或狄更斯小说中出现的真实地方的欲望，会削弱作家和读者所想象的地方的情感力量。

这是翁贝尔托·艾科在《悠游小说林》（*Six Walks in the Fictional Woods*）中提出的观点。正如我在第二章谈到的，艾科承认自己是"在都柏林埃克尔斯街寻找房子的人之一，据称那是利奥波德·布卢姆[来自乔伊斯的《尤利西斯》]住过的房子"（Eco 1994: 84）。然而，艾科提到这段"文学迷的狂热往事"只是为了否定它作为批评或阐释的价值："要想成为乔伊斯的好读者，没有必要在利菲河（Liffey）岸庆祝布鲁姆日。"（同上）接着，艾科提供了一个颇有启发性和趣味性的例子，即他自己1989年的小说《福柯的钟摆》（*Foucault's Pendulum*），来说明把文学空间和小说中发生事件的地理场所混为一谈的荒谬性和吸引力。

艾科一开始就提到他为了确保在小说中忠实地描述事件所做的努力。在提到他的人物卡索邦1984年6月23—24日午夜时分在巴黎走过圣马丁街（rue Saint-Martin）的一幕时，艾科解释说："为了写这一章，我在几个不同的夜晚走过同一条路，拿着录影机，记录下我能看到的东西和我所获得的印象。"（Eco 1994: 76）此外，艾科还使用了一个计算机程序，它可以"显示一年中任何时候，在任何纬度和经度，天空是什么样子"。他甚至调查了巴黎的月亮在这个特别的夜晚是否是满月，并试图确定月亮在不同时间会处在天空的什么位置。简而言之，艾科承认，他非常努力地重建了巴黎这一地区的真实时间和空间，他将把这个地区变成他虚构世界的一部分。

《福柯的钟摆》出版后，艾科收到了一位读者的来信，他想知道为什么这一章没有提到一场大火，因为在"真正的"巴黎地理空间中，这场火当夜就发生在附近，卡索邦这个人物不可能没有看到。这位读者在发现艾科的叙述多么细致真实的同时，感到十分困惑，为什么在所有细节中，唯独这个细节被省略掉呢？艾科回忆道："为了逗自己开心，我回答说，卡索邦可能见到了那场火，但他对此没有提及，是出于某种我不知道的神秘原因。"（同上：76—77）当然，这位读者可能有些过头了，但艾科用这段轶事指出了虚构空间和真实空间之间的重要关系，而且往往是复杂的关系。艾科通过语言和想象创造出的巴黎部分地区的文学绘图，成了读者解读和分析的文本，他们倾向于将想象的地方与他们可能在城市中遇到的地方联系在一起。

艾科又补充了另一个例子：一群学生制作了一个相册，记录了卡索邦在漫长步行中游览过的所有（真实的）地方，包括"一个东方酒吧，里面满是汗流浃背的顾客、啤酒桶和油腻的唾沫"，这些学生成功地找到并拍摄了这些地方。"不用说，酒吧是我虚构的，"艾科指出，"但那两个学生无疑发现了我书中所描绘的酒吧。"（Eco 1994: 86—87）艾科指出，这些学生认为小说必须保持对小说中所描绘地方的绝对忠实，这并没有错，他们只不过用小说来帮助自己更好地了解这个地方。正如艾科所言："他们想把'真正的'巴黎变成我书中的一个地方，在他们能在巴黎找到的一切事物中，他们只选择了与我的描述相符的那些。"（同上）也就是说，这些读者并没有把小说看作是对实际地理空间的不完美表征——或许正如那位对于被省略的大火感到好奇的读者——而是利用小说的文学地图来修正他们自己看待城市本身的方式："他们用小说将形式赋予真实的巴黎那个无形而广阔的宇宙"（同上）。从这个意义上说，阅读显然是一种文学地理学操练。

通过这个例子我们发现，"地方的精神"本应影响甚至决定在那个地方产生的文学，而实际上，它更是在文本阅读中发现的一种力量。显然，文学的阅读和写作是互补的，文学的生产和消费也存在大片重叠领域，尽管文学地理学在很大程度上是读者与文本的交流，特别是与其中所绘制的叙事地图的交流。正如艾科所言："阅读小说意味着玩一个游戏，通过这个游戏，我们将意义赋予现实世界中已经发生、正在发生或将要发生的浩如烟海的事情。"(Eco 1994: 87)这同样适用于阅读空间,正如适用于阅读所描述的事件。在阅读过程中,地方的精神从作者的文学绘图中显现出来,读者则用它来赋予现实世界以想象的形式。通过这样做,叙事地图的读者利用参照框架来帮助理解文本、文本所表征的空间,以及现实世界。

伍尔芙的文章中直接提到了现代文学地理学的一个重要参照框架,而有时看似地方性的差别,则变成了把世界体系的各个空间组织成一个整体的手段。伍尔芙的这篇文章可以被看作是对她所评论著作标题的一种略带嘲弄的看法。她这样写道:"用这种方式谈论萨克雷的'国度'或狄更斯的'国度'似乎有点不相称;因为这个词唤起了一种对森林和田野的想象",但在这些以伦敦为基础的小说家的作品中,人们可以假定"整个世界都是[……]用鹅卵石铺就的"(Woolf 1977: 158)。在这里,伍尔芙将一个国家的乡村理想与首都的大都会气氛进行对比,就前者而言,"乡村/国家"(country)一词既可以表示一种特定的非城市经验,又可以表示一种民族身份;而后者的居民可能不属于"任何公认的类型"(同上:159)。乡村和城市之间的区别远远超出了地图上的简单位置,并决定了文学地理学如何组织读者对整个世界的认识。

乡村与城市

雷蒙·威廉斯是一位颇有影响力的英国文学评论家和文化史学家,通常被认为是文化研究的奠基人之一,他对文学的多面向研究有助于改变关于文学研究的想象方式。在其著名的著作之一《乡村与城市》中，威廉斯在对马克思主义批评和文化唯物主义的理论探索中，探讨了一种概念上的二分法，这种二分法贯穿了英国文学约350年，从17世纪的田园诗（pastoral idylls）直到20世纪的现代主义作品。在他深入细致的研究中，威廉斯确立了这些术语及其所代表观念的效价变化，并展示了文学是如何体现他所说的与地方和空间相关的**"情感结构"**（structures of feeling）的。

威廉斯一开始就指出，这些术语是多么有力，但又是多么复杂。

> "乡村"和"城市"是非常有力的词汇，当我们想起它们在人类共同体的经验中所代表的意义，这就不足为奇了。在英语中，"country"既是一个民族，又是"土地"的一部分；"the country"可以是整个社会，也可以是整个农村地区。在人类定居的漫长历史中，我们直接或间接赖以生存的土地与人类社会成就之间的这种联系是众所周知的。这些成就之一就是城市：首都，大城市，一种独特的文明形式。
>
> （Williams 1973: 1）

就某些方面而言，人们可能会说，威廉斯对"乡村"和"城市"的冗长研究，是他几年后汇编的《关键词》的一个更详尽的版本，此《关键词》旨在帮助学生和批评家理解研究文化和社会所必需的不断变化的术语。在《关键词》(*Keywords,* 1976)中，威廉斯对一些术语下定义，试图说明这些术语的含义是如何随着时间的推移而不断变化的，以及增补意义是如何附加在这些术语上的。在《乡村与城市》中，我们可以看到对这一过程的最全面的阐述，尽管在这本书中，大部分内容局限于英国文学和文化史。

威廉斯饶有兴趣地注意到，对一种朴素的过去、一种典型的乡村"有机共同体"的怀旧，似乎总是将过去看成"刚刚离去，我们可以看见，就在最后一座山岗上"（Williams 1973: 9）。也就是说，作家抱怨这个"有机共同体"的消失，总是觉得这种共同体的崩溃是最近才发生的，但威廉斯表明，尽管当代批评界认为这种变化始于第一次世界大战之后，但它实际上是呼应了早期作家的思想，他们把这一转变的时刻定位在19世纪90年代、19世纪30年代或18世纪70年代。的确，威廉斯注意到，人们对失去"旧英格兰"和"永恒的农业节奏"的抱怨，可以追溯到托马斯·莫尔的《乌托邦》，甚至可以追溯到14世纪70年代威廉·朗兰（William Langland）的《耕者皮尔斯》(*Piers Plowman*)（同上：10—11）。看来，这种田园式理想可以一直上溯到伊甸园，在那里，每一次怀旧的渴望都是哀叹现状的另一种方式。但是，正如他随后明确指出的那样，"旧英格兰、定居、乡村美德——事实上，所有这些在不同的时期意味着不同的事情"（同上：12），因此，对乡村与城市的分析需要细致入微的解读。

为了进行这种阅读，威廉斯援引了他所谓的"情感结构"。

在《马克思主义与文学》一书中,他将听起来有点模糊的"情感"一词与"世界观"或"意识形态"等概念区分开来,以此来描述这一术语:"我们关注的是意义和价值,因为它们是被积极地体验并感觉到的,而这些与正式信仰或系统信仰之间的关系在实践中是变化多端的(包括在历史中的多变性)。"这种情感要素构成了一种"结构",即"一套具有特定内在关系的东西,这些关系既密切相连,又充满张力"(Williams 1977: 132)。对威廉斯来说,在特定的时间和地点,特定群体的情感结构的变化可以令读者理解新的体验模式的出现。在《乡村与城市》中,我们可以看到,田园或乡村的"旧英格兰"观念的变化,以及对新兴城镇、城市和大都市的新的文化理解,涉及某一族群在特定时刻的情感结构的复杂而微妙的变化。然而,威廉斯警告说,情感结构涉及"仍在发展中的社会经验,这种经验通常还没有被确认为是社会性的,而是被认为是私人的、特殊的,乃至孤立的,是在分析中(很少在其他情况下)具有突发性、联系性和主导性特征的"(同上)。事实上,我们可以说,一种特定的情感结构只有在一种新的情感结构出现之后才能被读者真正识别出来。虽然这个术语对具体的马克思主义分析而言,或许太模糊、太宽泛了,而且威廉斯本人后来也为这个词的全面性感到遗憾——虽然当初他本意并非如此——但是,"情感结构"的确令人们可以审视文学形式和社会经验之间复杂的相互关系(见Williams 1981: 164)。

不断变化的城市经验,特别是关于伦敦大都市的体验,提供了一个很好的例子。18世纪和19世纪的新工业城镇,往往是围绕着单一行业或工厂组织起来的,与此不同的是,伦敦庞大的"杂乱性和随机性最终体现了一种体系"(Williams 1973: 154)。在将查尔斯·狄更斯看作新城市作家典范的思考中,威廉斯表明,"狄更斯创作的一种新型小说[……]能与一种必须被称为'双重状况'的东西直接相联:随机性和系统性、可见性和模糊性,这才是城市的真正意义,特别是在首都的这个时期,它是一种占主导地位的社会形式"(同上)。与狄更斯一起,小说成了伦敦市的一种叙事地图,在这里,异质性与众多人物和地方在某种程度上是相互联系的,并在小说中变得合情合理。正如威廉斯所说:"对城市的经验是虚构的方式;或者说,虚构的方式是对城市的经验。"(同上)在狄更斯那里,城市小说的形式本身,而不是地貌或背景或其他经验数据,使得对伦敦的文学绘图成为可能。

威廉斯接着讨论了他所谓的"可知社区"(knowable communities)。他认为"城市的虚构"与"乡村的虚构"是不同的,因为小说对"经验和社区"的描述在城市类型中"基本上是不透明的",但在乡村类型中"基本上是透明的"(同上:165)。威廉斯指出,

> 从农村到城市的转变——从一个以农村为主的社会转向一个以城市为主的社会——具有变革性和重要意义。城镇的发展,特别是城市和大都市的发展;日益扩大的劳动分工和

劳动复杂性；社会阶层之间和社会阶层内部的业已改变的关键性关系：在这种变化中，任何对可知社区——整个社区，完全可知——的假设都变得越来越难以维持。

（1973：165）

威廉斯此处的分析已经指向这样一些状况，在此状况中，对凯文·林奇式"可意象"（imageable）城市的需求开始出现，而且，对简单时光的永恒怀旧——这时光就在我们身后的地平线上——很大程度上关系到对失去的"可知性"（knowability）的知觉。

同样真实的是，19世纪出现了社会学家林恩·洛弗兰德（Lyn H. Lofland）所说的"陌生人世界"，在这个世界里，"在特定时刻，在其疆界内的人们，对与他们共享这一空间的绝大多数人一无所知"（同上：3）。然而，这种不可知的城市空间也使以前做梦都想不到的机会和流动性成为可能。大城市中的个人经历构成了现代文学的一个重要参照点，而许多对于探索这一社会动态感兴趣的作家，都曾探究过一种"人群中的人"（man of the crowd）——这是埃德加·爱伦·坡（Edgar Allan Poe）对"一种神秘人物"的称谓。威廉斯指出："很明显，这种经历可以两种方式发展：一种是对共同人性的肯定，是跨过陌生人群的障碍；另一种是强调孤立和神秘——一种普通的感觉，可能会变成恐惧。"（同上：234）例如，狄更斯的小说可能倾向于前者，而像费奥多尔·陀思妥耶夫斯基（Fyodor Dostoevsky）这样的作家，在《地下室手记》（*Notes from the Underground*）或《罪与罚》（*Crime and Punishment*）等作品中，则会强调城市中个体之间的陌生和隔绝。在法国诗人兼评论家夏尔·波德莱尔的作品中，这两种倾向交织在一起，因为"孤立和丧失联系是一种充满活力的新知觉状况"（Williams 1973: 234）。

威廉斯的研究表明，乡村和城市的二分法最初是想象英国民族/国家等问题的模式，并最终成为想象整个世界体系的范本。正如威廉斯所说，一旦"大都市的"（metropolitan）这个词可以用来描述整个社会，而"欠发达的"（underdeveloped）基本上可以代表农业或非工业化社会，那么"在经济和政治关系中，城市和乡村的模式已经超越了民族—国家的界限，但作为世界的模式也遭到质疑"（同上：279）。因此，"'城市和乡村'的最后模式之一是我们现在所知的帝国主义体系"（同上）。

边缘的中心

正如威廉斯《乡村与城市》的结语所揭示的，全球化时代的情感结构必须在某种程度上解释多国世界体系，也就是说，这种结构必须处理一个庞大殖民网络及其影响的事实和遗留问题。这一节将通过考察**中心**（the core）和**边缘**（the periphery）之间的文化关系来研究这一现象的含义，此处的中心和边缘借用了美国社会学家伊曼纽尔·沃勒斯坦（Immanuel Wallerstein, 1930—2019）的术语。我将特别关注出生于巴勒斯坦的美国文学评论家爱德华·萨义德的著作，他在《东方主义》（*Orientalism,*

1978）和《文化与帝国主义》等著作中展示了文学和帝国的"重叠领域"。萨义德展示了那些实际上的，以及象征意义上的边缘事物。比如，在远离伦敦或巴黎中心的遥远地区发生的事情，实际上是英国、法国和美国文学和文化形成的核心所在。

正如威廉斯指出的，19世纪资本主义政治经济的迅速发展，需要不断扩大市场，令其远远超出民族国家的内部空间。"城乡之间的传统关系随后在国际范围内被彻底重建"（Williams 1973: 280）。在某些方面，基本的城市—乡村二分法，再加上"郊区"作为中间空间，大致相当于因沃勒斯坦而著名的边缘、中心和半边缘（periphery, core, and semiperiphery）三分法。在《现代世界体系》（*The Modern World System*）第一卷中，沃勒斯坦写道：

> 世界经济可划分为中心国家（core-states）和边缘地区（peripheral areas）。我没有说边缘"国家"，因为边缘地区的一个特点是，本土国家非常弱，从不存在（即殖民状态）到自治程度低（即新殖民［neo-colonial］状态）不等。
>
> 在经济活动的复杂性、国家机器的强弱、文化的整体性等一系列维度上，也有介于中心和边缘之间的半边缘地区（semiperipheral areas）。其中有一些曾是早期世界经济的中心地区。有些曾经是边缘地区，后来上升为半边缘地区，可以说是不断扩大的世界经济的地缘政治变化的结果。
>
> （1974: 349）

然而，沃勒斯坦的区分并没有将这些空间政治区域割裂，因为他注意到了三者相互作用的方式。正如萨义德和其他评论者将要阐明的，政治和经济的相互关系由文学和文化的相互关系来补充。

在《东方主义》中，萨义德展示了"想象的地理"是如何根据个人或群体所作的相当武断的区分来表征不同空间和空间类型的。他论述道："在头脑中把熟悉的空间命名为'我们的'，不熟悉的空间命名为'他们的'，这种做法是一种相当随意的地理区分［……］我们在头脑中建立这些界限就已足够；因此，'他们'变成了'他者'，他们的领土和思想也被认定为与'我们的'不同。"（Said 1978：54）接着，萨义德借用了加斯东·巴什拉在《空间的诗学》（*The Poetics of Space*）（下一章将对此展开讨论）中的论述并指出："空间通过某种诗意的过程获得情感乃至理性的意义，凭借这种诗意，虚空而不知名的远方为此处的我们转变成意义。"（同上：55）正如"乡村"和"城市"以不同方式出现后，成为分配英国国内空间的模式（并最终扩展到全世界），关于"我们的土地—野蛮人的土地"的古老二分法也变成了一种用来分配想象的地理空间的基本结构。在萨义德看来，这是欧洲文化中发展起来的东方主义（广而言之，一种对待所有边缘地区的态度）的核心所在。关于这两者相互作用的文学方面的好例子可以在库切（J. M. Coetzee）的小说《等待野蛮人》（*Waiting for the Barbarians*）中找到，该小说详细讨论了距离与临近的问题，以及随着距离的变化何处会产生视角的变化。

在《文化与帝国主义》中，萨义德开展了他所说的"一种对历史经验的地理调查",他的出发点是"没有人能完全摆脱地理争夺",这种争夺不仅针对帝国军队和直接征服,而且还针对"想法、形式、意象和想象"(Said 1993: 7)。实际上,叙事和地球上的物理空间一样,都是萨义德想要探索的被争夺的"领地"。他发现,

> 帝国主义的主要战争当然是围绕土地展开的;但是当涉及谁曾拥有这片土地,谁曾享有在此定居和工作的权力,谁经营过这片土地,谁夺回了它,以及如今谁规划着它的未来——这些问题都在叙事中得到体现,展开争论,甚至有时被决定。
>
> (同上:xiii)

根据这些推测和发现,萨义德大胆宣称帝国主义是"现代西方文化的决定性政治视野"(同上:60)。

萨义德试图用不那么优雅但也许更准确的短语"**态度与参照结构**"(**structures of attitude and reference**)(同上:52)更新威廉斯的"情感结构"概念。萨义德发现,19世纪和20世纪早期的小说在帝国领土方面展现出这种态度与参照结构,而这有时会带来令人惊讶的新阐释。例如,萨义德发现,康拉德或吉卜林作品中更明显的对帝国的参照,实际上与奥斯汀、萨克雷或狄更斯等更早期的,但并非同样明显的叙事是一脉相承的,在这些叙事作品中,英帝国主义不是小说的主题,而是小说意识形态深层结

构的一部分。萨义德认为:"所有这些小说家的作品的形式特征和内容都属于同一种文化形态。"(1993: 75)

萨义德不仅暗示了帝国和文化文本的相互关系,他还坚称,"我甚至会说,没有帝国,就没有我们所知道的欧洲小说"(同上:69)。显然,利润动机刺激了殖民帝国的扩张,但萨义德强调了帝国主义的文化向度(与殖民主义不同,但显然与殖民主义有关),该文化"使正派的男人和女人认同遥远的土地及其原住居民应该被征服的观念",并认同"这些正派人士可以把帝国统治权(imperium)视为一种长期的、近乎形而上学的义务,一种统治从属、劣等、落后种族的义务"(同上:7)。德里克·格雷戈里(Derek Gregory)在《地理想象》(*Geographical Imaginations*)中研究了这个话题,他暗指这是"通过他者化剥夺他人土地"(dispossession by othering)(1994: 179),据此,"他们"被认为不适合统治他们自己,这使得殖民者能够采取"教化使命"(civilizing mission)的人道主义立场,而这意味着,去边缘地区寻找被殖民人口成了位于中心的大都市的人们的义务。

萨义德指出,所谓的"帝国时代"恰好与"小说形式和新历史叙述变得极其重要的时期"相吻合,但他同时强调:"大多数文化历史学家,当然还有所有文学学者,都没有谈到构成当时西方小说、历史书写及哲学话语基础的地理符号,即构成以上基础的对领土的理论性绘图(the theoretical mapping and charting)。"(Said 1993: 58)恰当的分析需要更关注帝国的空间性，以及帝国使命的地理向度、制图维度和多方面影响。萨义德所想到的作品类型，可以在保罗·卡特（Paul Carter）的著作《通向博特尼海湾：空间史研究》（*The Road to Botany Bay: An Essay in Spatial History*, 1987）中找到例子，该著作探讨了澳大利亚殖民化过程中对神话、历史、地理和绘图的多重使用。

在《关于现代主义》这一节，萨义德认为，新的美学形式体现了日益增长的对帝国主义反讽的担忧，对"他者"在大都会（中心）之中构成的领土交叠的担忧，或对约瑟夫·康拉德的《黑暗的心》中马洛之语的担忧，当时马洛发现"这里也是地球上黑暗的地方之一"，而这暗示了欧洲所谓的优越性在很大程度上是偶然而短暂的。"要应对这一处境，"萨义德写道，"需要一种新的百科全书式的文学形式"，且现代主义小说的特点将包括"一种结构的循环性，兼具包容性和开放性"（如乔伊斯《尤利西斯》中的意识流手法），其"创新之处在于对老的，甚至过时的片段的重新规划，这些片段有意识地取自迥然不同的地点、来源和文化"。这些技巧还将包括史诗和神话元素，更不用说常见元素和流行文化元素，以及"一种形式的反讽，它把人们的注意力集中于作为取代性艺术的自身及其创造物，它将取代的是世界各个帝国的曾经可能的合成品"（Said 1993: 189）。事实上，约瑟夫·弗兰克所发现的现代文学中的"空间形式"（1991）与萨义德此处的观点不谋而合，因为文学艺术家努力"同时说出一切"，这或许是通过将时间凝固在共时的那一刻得以实现的。在这段讨论中，萨义德的立场类似于詹姆逊的观点，即帝国主义或垄断资本主义时期导致了"真相"与"经验"的分裂，也就是说，一个人的伦敦经验的真相存在于牙买加或印度或其他地方（如第二章的讨论）。然而，对萨义德来说，这种现代主义美学是对帝国体制的即将崩溃做出的反应，因为艺术家试图创造一个在"现实世界"中行不通的虚构现实的整体。萨义德总结说："具有讽刺意味的是，空间性已成为美学的而非政治统治的特征，因为越来越多的地区——从印度到非洲再到加勒比——都质疑传统帝国及其文化。"（1993: 190）

使得萨义德所分析的帝国系统成为可能的文化离心力在某些方面与把一切都拉回到一个中心焦点的向心力是相互匹配的。威廉斯和萨义德的研究表明，大都会（metropolis）、大城市，尤其是首都，是作为其自身的空间和文化实体出现的，并凭借其在世界体系中的中心地位而有别于典型的城镇或城市。例如，到了20世纪末，荷兰社会学家萨斯基亚·萨森（Saskia Sassen, 1949— ）把伦敦、纽约和东京等几个城市确定为"全球性城市"（1991），这些城市无疑对它们的国家经济仍然至关重要，但它们已经超越了它们所在国家的政治和经济边界。城市中的经验成为现代和后现代文化空间之文学地理的一个关键因素。

"游荡者"的漫步

在其庞大、不完整、死后出版的《拱廊计划》（*Arcades Project,* 1999）中，通过对巴黎的综合研究和其巴黎经历的描述，德国文化评论家瓦尔特·本雅明确立了"游荡者"作为现代原型人物的地位。"游荡者"是游手好闲的城市漫步者,是走走停停的逗留者,是橱窗看客或窥视者,是拒绝加入人群的人群中的一员。本雅明对"游荡者"形象的反思源于他对夏尔·波德莱尔城市诗歌的思考,后者在随笔《现代生活的画家》("The Painter of Modern Life")中描述了这种形象。本雅明在这位闲散漫步者身上发现了现代性的象征。这是一个奇怪的选择,但它指出了城市空间和运动在现代世界的此种视域中的意义。

"游荡者"区别于单纯的散步者或闲逛者的特点在于他的城市性(urbanity),但对城市的了解不仅仅在于对它与非城市空间之区别的批判性认识上。它还体现了对一个城市的不同力量和影响的明确认识,而这些往往是通过观察城市人口而表现得最为明显的。人口知识几乎和地理知识一样重要,而大都市人口的流动心理则是波德莱尔和本雅明的社会批评和文学批评的关键方面。对波德莱尔来说,关于这种状况的最重要的思想家实际上是诗人埃德加·爱伦·坡。在他自己的生活和作品中,坡走上街头,寻找"城市的岛屿,海中央的海"——暂且借用法国哲学家和历史学家米歇尔·德·塞托在《日常生活实践》中用来描述曼哈顿的一个短语(1984: 91)。坡和他的某些人物一起,像波德莱尔的游荡者一样,回避了叙事概述所提供的更全面的视野。

在对"城市行走"的思辨分析中(下一章将进一步研究),德·塞托将行人或橱窗看客的街景视野与从极高处俯瞰城市所提供的全景概览进行了区分,他俯瞰城市的地点是当时新建的纽约世界贸易中心的观景台。后者的优势创造了一种假定"了解"（know）城市的神的视野，而行人则实际上在"行走这首长诗"中"书写"（write）着城市（de Certeau, 1984: 101）。颇有影响力的德国社会学家格奥尔格·西梅尔（Georg Simmel, 1858—1918）在他的《都市与精神生活》（"The Metropolis and Mental Life"）一文中指出："都市型个性的心理基础在于外部和内部刺激的迅速且不间断的变化而导致的神经刺激的加强。"（1950: 409—410）也就是说，大城市日常生活中流动且多变的现象带给人的知觉轰炸，改变了人们的基本生理过程和认知过程。在爱伦·坡的短篇小说《人群中的人》（"The Man of the Crowd"）中，其标题人物，以及试图理解他却未能成功的叙述者，成为这种神经刺激强化的代表人物，而在持续的城市行走中，他们在任何时候都处于彻底的移动中。然而，在波德莱尔的"游荡者"的形象和本雅明对此形象的阅读中，这种强化和位移（displacement）也是愉快之"电"的元素，在这里，人群中的人是"电能储蓄站"（Benjamin 1969: 175）。

在《现代生活的画家》中，波德莱尔把"游荡者"描绘成人群中的人；然而，本雅明在他对波德莱尔的重读中提出，尽管波德莱尔的模式可能源自坡的故事，但是叙述者而非标题人物，对人群中的人那神秘莫测的心理展开观察、描述和调查，而且叙述者比标题人物更像一个"游荡者"。本雅明说："人群中的那个人并非游荡者。在他身上，镇定已经让位于狂躁的行为。因此，他反倒作为一个典型例证，说明了游荡者一旦失去他所处的环境会变成什么样子。"（同上：172）本雅明区分了行人和游荡者,"行人任由自己被人群推搡","游荡者则会给自己留出空间";后者"只有处于自己的持续位移状态,才会纵情于游荡者的漫步"(Benjamin 1969: 172)。

除爱伦·坡之外,波德莱尔的"游荡者"灵感还来自法国艺术家康斯坦丁·居伊(Constantin Guys)的作品;在思考居伊的绘画时,波德莱尔对游荡者的界定性特征给出了一个更宽泛的解释:

> 人群是他的要素,就像空气之于鸟,水之于鱼。他的激情和他的职业是与人群融为一体。对于完美的游荡者,或者说热情的旁观者来说,有一种巨大的快乐是,在人群的中心,在运动的潮起潮落之间,在短暂和无限之中,建立自己的家。远离家宅,却无处不是归家的感觉;看到世界,置身于世界的中心,却依然隐藏在世界之外——这就是那些独立的、热情的、不偏不倚的天性中的一些最轻微的乐趣,而舌头只能笨拙地定义这些天性。旁观者是一位王子,他在任何地方都为自己的隐居而欢欣鼓舞。热爱生活者使整个世界成为他的家庭,就像爱慕美色者用他曾经找到的,或者将要找到的,或者找不到的漂亮女人建立起自己的家庭;或者就像爱好图画者,他们生活在画布上梦幻般的神奇社会里。因此,热爱普遍生命的人来到人群中,就好像它是一个巨大的电能储蓄站。或者我们可以把他比作像人群一样广阔的镜子;或者像一个拥有意识的万花筒,对人群的每一个动作都

作出反应，创造出生命的多样性和生命所有元素那闪烁着的优雅。他是一个对"非我"（non-I）有着无法满足欲望的"我"，每时每刻都在用比生命本身更生动的画面来表现并解释它，而生命本身总是不稳定的、短暂易逝的。

（1964: 9—10）

"拥有意识的万花筒"一词所暗示的是，其产生的图像很可能既奇怪又美丽，但也许它们并没有为了解这座城市提供明确的基础。如此表征的"世界"并不是一个真正需要了解的世界，而是一个要以各种各样的、往往令人不安的方式来体验的空间。

波德莱尔立刻明白，坡或居伊的天才关键不在于发现了一个迄今未知的实体，而在于从一个特定的角度看待现实，从而以非常不同的方式看待事物。对波德莱尔来说，这种新观看方式显然是艺术性的，但也远不止如此。它还需要波德莱尔所说的"世界中的人（man of the world）［……］一个了解世界及其所有用途的神秘且合法原因的人"——波德莱尔引用坡的"人群中的人"来说明他的观点。值得注意的是，他聚焦于那个故事的叙述者，而不是"人群中的人"本身，来定义真正堪称"世界中的人"的那类艺术家。波德莱尔总结道：

咖啡屋的窗户里坐着一位康复期的病人，愉快地沉浸在对人群的凝视中，并通过思想的媒介，融入他周围思绪的纷乱。但最近，他刚从死亡阴影的山谷中归来，此刻正欣喜若狂地吮吸着生活的气息和精华；由于曾经到达彻底昏睡的边缘，此刻他努力记忆着，并热切地渴望记住一切。最后，他一头扎进人群中，追寻着那不相识的、若隐若现的、令他瞬间心醉的面容。好奇心变成了致命的、无法抗拒的激情。

(1964: 7)

因此，世界中的人并不是人群中的人。此处世界中的人，由坡的康复中的极度好奇的叙述者所代表，是一个"热情的旁观者"。然而，这个拥有意识的万花筒并不是叙述者在故事开端将自己想象成的社会科学家，而是一个移动的、不确定的、记录不可知世界的人。

在波德莱尔对爱伦·坡的解读，本雅明对这个解读的重读中，出现了一种关于城市空间和更广泛的社会空间的新审美情感。对这些作家来说，"了解"让位于一种不同类型的体验。比如，四处闲逛的"游荡者"不像凯文·林奇的城市居民那样是一个"寻路"的绘图者，而更像是一个街头艺术家或诗人，一个用抽象多变的意象"描绘"现代生活的人。这种处理文学艺术与社会空间相互关系的方法使新的不同的解读成为可能，正如柯尔斯滕·罗斯（Kirsten Ross）的《社会空间的兴起：兰波和巴黎公社》（*The Emergence of Social Space: Rimbaud and the Paris Commune*, 1988）。将以上观点放在一起考量，促使我们从文学空间的角度来重新审视文学史。

文学史的新空间

对空间实践和历史空间的分析，使我们能够认识到文学文本在多大程度上既能在其内部运作，又能帮助塑造它们世界的地理，并通过它们塑造我们世界的地理。在文学绘图中，文本为世界赋形，这个世界令绘图成真。同时，文本也使世界在寓言式结构中具有意义，而这种结构令读者能够创造出其他的意义。各种意义相互作用，形成一个庞大的意义群，在此，生活经验的各种数据被绘制到一个更宏阔的意义层面上，从而使经验的和未经验的事物以一种有用的，尽管是暂时的形式变得可见。正如弗兰克·克莫德（Frank Kermode）指出的，评论家的任务虽然不太重要，但仍然具有一定的重要性：这是"理解我们试图理解自己生活的方式"（1967: 3）。这在一定程度上是文学地理学的任务。这一节将集中讨论一位学者的大胆尝试——从空间性或文学地理学的角度重新看待小说史。

近几十年来，意大利文学批评家弗朗科·莫瑞迪试图重新定义文学史及其所采用的史学实践。最近，他对"世界文学"概念给予新的强调，并试图开发新工具来处理这一庞大主题。他的重新评估工作关键在于一种新的阅读方式。他的方法不是非历史的；他的阅读仍然以历史和历史主义实践为基础，这种实践研究个别文本，以及它们出现和扩散时所表征的形式。然而，莫瑞迪试图改变历史主义的做法，以便包含一种看待文学的新方式：具体来说，他对世界文学中的空间感兴趣。正如他在《现代史诗：从歌德到加西亚·马尔克斯的世界体系》（*Modern Epic: The*

World-System from Goethe to García Márquez）中所暗示的，这需要一种"文学地理学"（1996: 76）。

在莫瑞迪的著作中，地理既是字面的，也是隐喻的。在字面意义上，特别是正如《欧洲小说地图册，1800—1900》和《曲线图、地图、树形图》的阐述，莫瑞迪的文学地理学涉及三种不同的文学批评活动：第一，他研究了叙事和"真实"空间的相互作用，如狄更斯的伦敦或巴尔扎克的巴黎，聚焦于小说家如何表征城市、地区、民族和世界的空间；第二，除了讨论小说或其他文学形式如何表征空间，莫瑞迪还研究了这些形式本身如何在空间中流通，如何在文学市场和产生阅读和写作的各种地理领域（例如，地方、地区、国家）中流通；最后，他在这一地理工程中采用了一种阅读单个文本的新方法——以图表的形式，或在实际的地图上绘制出文本中相互独立的元素。而文本乃阅读的基础。因此，绘图本身就成为一种文学批评实践，同时也为进一步分析提供了工具。

作为一个隐喻，莫瑞迪的文学地理学代表了文学史的一门新学科，其中的"绘图工程"意味着一项认识论活动，就像"勘察"一个知识领域。莫瑞迪的新学科往往宣称与已形成的社会科学或自然科学领域——如社会学、计量史学、生物学和地理学本身——相联系，它提倡一种根据可辨别的规律（或至少是可识别的趋势）来把握文学史的模式。文学地理学并不是这门新学科的真正名称，但地理语言为理解莫瑞迪描述的现象提供了一定的词汇。这一地理模式的运用具有深远的影响。正如米歇尔·福柯指出的:"一旦知识可以从区域、领域、植入、位移、换位等方面进行分析,人们就能够捕捉到知识作为一种权力形式发挥作用并传播权力效应的过程。"(Foucault 1980b: 69)由此可以说,莫瑞迪创立的新文学史或文学地理学为考察文学作为一种体系的力量开辟了一个新空间。

莫瑞迪的文学史绘图工程至少在三个层面上运作。首先,他设想了一种对单个文学文本的绘图,即对它们图式化,或者在实际的地图上绘制它们的航线,以此作为阅读它们的一种方式。这样的阅读产生了关于文本的新信息,因此,除了解释页面上的单词之外,它还成为一种补充性的阐释方法。其次,莫瑞迪还喜欢重新定义文学史理论和实践,使其超越单个文本、风格或运动的编年史,并投射出一门新的文学学科,该学科至少在一定程度上既是历史的,也是地理的。第三,莫瑞迪希望他的绘图工程积极地构成这个领域,而不仅仅是研究它。也就是说,莫瑞迪的工程旨在构建一个具有多种作者和文本的话语领域,从而呈现出一个新的文学世界的形象。他的宏伟工程《小说》(*The Novel*, 2006),正是这一目标的阶段性成果。这两大卷英文本是从意大利文原版的五卷本缩减而来的。

在考察莫瑞迪的具体修正策略之前,有必要先看看他在文学批评实践和文学史实践中所发现的问题。莫瑞迪认为,文学史在很大程度上未能完成勘察这一领域的工作,这主要是因为传统文学史并未尝试去考察文学领域的广阔与丰富。他发现,文学史的实践以及更广泛的文学研究,缺乏充分理解其研究对象所必需的科学严谨性。例如,莫瑞迪抱怨说,学者们只关注那些特别有价值的经典文本,而忽略了现存的数十万种其他文本。他的批评,在其整个职业生涯中不断修订和更新,并保持着引人注目的前后一致性,这早在《奇迹的征兆:论文学形式的社会学》(*Signs Taken for Wonders: On the Sociology of Literary Forms,* 1983)中他对"文学批评的史学地位"的谴责中已经颇为明显。

> 在这方面岌岌可危、业已过时的文学史,从来没有停止成为"编年史"(histoire évenementialle),在编年史中,"事件"(events)是伟大的作品或伟大的个人。即使是伟大的历史性争议,说到底,也几乎完全集中在对极少数作品和作者的重新解读上。这一过程令文类概念陷于次要的边缘功能,这在"传统与陌生化"(convention-defamiliarization)这一对形式主义夫妻那里体现得最为明显,在此,文类表现为纯粹的"背景",是一种模糊的平面,其唯一功能是使杰作的"差异"显得更加突出。正如"事件"能打破并嘲笑连续性法则,杰作也是为了展示对常规的"胜利",即真正伟大的东西的不可简化性。
>
> (Moretti 1983: 13)

在这里,莫瑞迪指出了文学批评和文学史的非科学性。文学史不是描述总体文学、文学形式的出现、使它们具有连贯性的特征、它们的流通方式,以及令它们持续存在或使它们被遗忘的力量,而是回到了反常、奇特,或任何预先假定的规则的例外——如果这些规则不是被"建立"的话。对莫瑞迪来说,这样的学科是不真实的;一部文学史,如果不太关注规范,而更多考察反常,就不能准确描述文学到底是什么,它是如何运作的,或者它有什么影响。文学史关注于特殊的、非凡的、引人入胜的和奇特的,已经忘记了构成绝大多数文本的常规的、普通的、日常的文学。莫瑞迪发现,传统文学史描绘的景观充塞着令人眼花缭乱的高峰与谷底。为了取代此类文学史,莫瑞迪呼吁"更平淡、更无聊的文学"(1998: 150)。

对文学研究的这一观点产生了许多直接后果。莫瑞迪并没有直接谈到与任何文学经典有关的具体辩论,而是大大增加了认为值得研究的文本的数量。然而,把这称为扩充经典并非对莫瑞迪的公允评价。他不只是想拓展经典,使之更具代表性,或削弱文学作品的现有层级性。莫瑞迪很可能希望挑选出更有代表性的文学作品和作者,但他的目标并不主要是改革现有的经典。毋宁说,他热衷于确立一个更明确的视野,一个必然处于更大范围的视野。这显然意味着更多的书,也意味着不同类型的书。例如,莫瑞迪在《奇迹的征兆》一书中想要表明的是,对"大众"文学或"低俗"文学的研究,特别是对侦探小说或恐怖小说等通俗文类的研究,可以改变我们看待"伟大"文学的方式,并将使文学史家"以极高的理论精确性和历史忠诚度重建过去的文学体系"(Moretti 1983: 16)。

当然,莫瑞迪对扩展经典不那么感兴趣,他更感兴趣的是彻底根除经典概念，至少他的新文学史形式的目的是这样。对他来说，"目标与其说是改变经典——发现经典的前辈或替代品，使其恢复到显著的位置——不如说是改变我们看待所有文学史的方式，无论是经典的还是非经典的"（Moretti 2000b: 207—208）。莫瑞迪还指出，他并不"真的相信教授们可以改变经典"，即使他们可以通过增加数百篇新文本来做到这一点，仍有超过99%的文献属于"伟大的未读作品"。因此，"经典"并不是一个审视整个文学史的特别有用的范畴，尽管在资源有限的情况下，为了确定该读什么，它显然是有用的。"在只有一本书的家庭，"莫瑞迪说，"我们找到了宗教；在只有一个书柜的图书馆，我们找到了经典。"（Moretti 1998: 150）经典的存在，本身就是文学在现实世界中成长和传播的标志。

除了扩充图书馆，莫瑞迪的文学地理学还试图了解文学市场的规模。正如他在为"粗读"（distant reading）实践辩护时指出的那样，即使是阅读面最广、思维最开阔的读者也不可能读遍所有已出版的书籍（下文将对此做更多论述）。事实上，即使把自己限定在某一特定时期的单一民族文学，也很难读完所有作品。他在《曲线图、地图、树形图》一书中解释道："例如，对19世纪的英国来说，两百本小说的经典听起来很多（比现在的经典要多得多），但它仍然不到实际出版的小说的百分之一；两万，三万，甚至更多小说，没有人真正知道到底有多少。"（Moretti 2005: 4）看来，随着莫瑞迪不断走向建立其新型文学史的目标，他必须远离对个别文本的阅读。

莫瑞迪背离传统文学史中不朽史学的另一个后果，用尼采的话说，是他对文类的强调。为了确定规范，他必须接受典型；因此，莫瑞迪更关注的是文学作品的"类型"，而不是单个文学作品。他一直对文类感兴趣，因为这一概念结合了文学史的共时和历时两个方面。也就是说，文类在历史进程中发展、演变、激增，并最终衰亡，但文类也是那段历史的一个共时因素，一种在整个历史中能保持大致形态的完整形式。文类概念不仅仅是为莫瑞迪新文学史服务的一种工具，它是这种历史的基本形式。他想要拥抱的"更平淡、更无聊的文学"，是通过运用文类概念来创造文学史而得以实现的：

> 围绕这一概念建立的文学史将比我们所熟悉的文学史更"缓慢"，更"缺乏连续性"。更缓慢，是因为文学"文类"概念本身需要强调一组作品的"共同"之处。其前提是，文学生产服从于一套盛行的准则，而批评的任务恰恰是显示这些准则的强制性调节力量能发挥的程度。
>
> （Moretti 1983:12）

据称，这种历史的非连续性来自于文类的界定性特征。也就是说，莫瑞迪没有使用基于风格（如浪漫主义、自然主义、现代主义）、作者生平、文学外部的历史事件，或"时代精神"（Zeitgeist）的总体化观念等宽泛范畴，而是认为，文类的内部结构能包容"更死板"的历史标记。莫瑞迪使用了一种科学话语，其体现了作为整体的绘图工程的典型特征。他据此宣称，"文学史必须力求将其对象表现为一种磁场，其整体平衡或非平衡仅仅是作用于其中的个体力量的结果"（1983:16）。

一种更平淡、更无聊的文学，则将确定一个更大的研究领域，同时聚焦于典型的或普通的文学作品。虽然莫瑞迪是一位能干的、实际上十分优雅的博览群书的读者，但他最近发现，他所提出的那种文学史并不能通过细读来真正完成。他最近呼吁"粗读"（Moretti 2000a），一种他认为最适合处理世界文学问题的方法，实际上完全适合于他1983年在《奇迹的征兆》中所宣布的计划。莫瑞迪的著作毫不动摇地坚持着这一论点：若不能完全把握其整个研究领域，文学史就无法实现其价值。在《曲线图、地图、树形图》中，莫瑞迪进一步展开理论论证、描述方法，并为他的绘图工程提供工具（或抽象模型）。

在《文学的屠宰场》（"The Slaughterhouse of Literature"）中，莫瑞迪发现了文学史的一个关键问题，这个问题妨碍了文学史真实地表征自己的对象：实在太多了。任何人都无法"了解"两万篇文本。"更大的文学史需要其他技能：抽样，统计，与系列、标题、索引、引言有关的工作。"（Moretti 2000b: 208—209）他还指出，这些技能需要协作，需要一种有益的转移，即从牧师般俯身于神圣文本的孤立的细读读者，走向知识生产的集体工程，而这，事实上与绘图颇为相似。的确，在远离人文科学的安全海岸的地方探险，这将需要探索定量分析这一未知领域，因为"定量工作确实是合作性的：不仅因为从实用意义上说这永远需要收集数据,而且因为这些数据理想地独立于任何单个研究人员,因此可以由其他人共享,并以多种方式相组合"(Moretti 2005: 5)。数据的收集、组织和分析对于莫瑞迪力求创造的那种文学史来说是必不可少的。

莫瑞迪在其《世界文学猜想》("Conjectures on World Literature")中对"粗读"文学作品这一思想作了阐述。为了把握这一领域,"文学史很快就会变得与现在大不相同:它将成为'二手的':别人研究的拼凑,没有对文本的任何直接阅读"(Moretti 2000a: 57)。"粗读读者"不阅读单个文本,而是考察其他问题,"比文本小得多或大得多的单位:技巧、主题、比喻——或文类和体系"(同上)。因此,粗读并不是细读法(close reading)的补充,而是重写一种全新的文学史。为了达到这个目的,旧的批评工具已经没有多大用处。这也是文学史领域的一种空间化,这样可以对其进行更广泛、更有效的考察,至少在莫瑞迪看来是这样。

这个实验似乎涉及不用阅读文本就能感知文学的方法。在《曲线图、地图、树形图》中,莫瑞迪为这种方法提供了"抽象模型"。利用各种来源的定量研究,可以制作曲线图,让粗读读者鸟瞰各种文类的兴衰;通过绘制文本元素示意图,地图以一种新视角审视着表征和经验文学空间的方式;通过图形展示文学传统的终结点和连续线条,树形图提供了文学形式"演变"的模型。每一种模式都允许粗读读者审视文学领域的不同侧面,每一种模式都涉及一种解释形式,使阐释的过程最小化。正如莫瑞迪指出的,这些模式"显然更倾向于解释而不是阐释;或者,更好的表述是,更倾向于对普遍结构的解释,而不是对个体文本的阐释"(Moretti 2005: 9)。在这里,解释的是数据,而不是文本。莫瑞迪未提及的是,收集这类数据本身需要某种形式的阅读,这与绘图颇为相似,这种绘图依赖于传统,并确认某些特定细节,忽略其他细节。

在关于曲线图的一章中,莫瑞迪考察了小说在几个国家的兴起,指出小说的出版数量在不同时期先增后减。将这些数据绘制在图表中,其中出版的小说数量形成Y轴,出版年份形成X轴,莫瑞迪发现某些模式浮现出来。他在文学史上看到了不同的循环,而其他观察者可能只满足于识别文学史上的具体案例。例如,莫瑞迪注意到,在18世纪80年代和19世纪的第二个十年里,英国小说的出版经历了快速衰退,他承认美国革命和拿破仑战争可能是造成这些衰退的原因,但他会争辩说,它们只是"反复出现的兴衰模式"中的几个片刻(同上:13)。他对文学史循环的认同使他回到了文类概念,他现在把这理解为文学史循环的"形态学呈现"(同上:17)。然而,这也是一种绘图形式,因为莫瑞迪在他的图表中绘制了类似地理数据的信息。然而,此处他不再直接处理文本,而是处理数据集。可以假定的是,个体的文本就存在于这些数据集之中。在这一模式中,只能识别文学史上的广泛趋势,而对具体文本不作阐释,甚至不阅读。然而,要确定构成数据的文本叙述形式或文类,就必须有人于某处辨别出并确立这些文学作品的形态特征;也就是说,阅读仍然是必需的。

绘制文本地图

尽管对莫瑞迪而言，绘制文本地图不需要细读文本，而且当然不是像美国"新批评"（New Criticism）或英国"实践批评"（practical criticism）那样将文本视为自足的形式单位，但在《曲线图、地图、树形图》专门讨论地图的部分，他确实提供了一种处理文本的方法，这种方法包括对文本的阅读。该过程更像提取信息碎片，将这些碎片转移到空间图上，然后解释最后的结果图。这显然要求人们阅读原文，即便只是为了找到那些将在地图上标注的要素。但莫瑞迪却坚持认为，这并不涉及将文学文本本身阐释为一个独立的形式实体。事实上，正如我们所见，莫瑞迪避开任何对阐释性批评的考虑而倾向于解释。莫瑞迪将"文学地图"的功能概括如下：

> 你选择了一个单位——步行、诉讼、奢侈品等——找到发生的事情，把它们放在空间里……或者换句话说：你把文本"简化"成几个元素，然后把它们从叙事流中"抽象"出来，然后构建一个人造的新对象，就像我一直在讨论的地图。如果有一点运气的话，这些地图将"超过它们各部分的总和"：它们将具有在较低层次上看不到的"新出现的"特性。

（2005: 53；省略号是原文中的）

莫瑞迪随口一提的"一点运气"也许会被说成不符合该工程的科学性主张，但很明显，他在这些叙述中使用的地理或几何信息是为了产生新的、迄今未曾预见的文学史的洞察力。莫瑞迪补充说，文学地图本身可能解释不了关于文本的任何重要内容，但它"提供了一个叙事宇宙的模型，该模型以一种非琐碎的方式重新排列它的组成部分，并可能令一些隐藏的模式显现出来"（Moretti 2005: 53—54）。

为了证明自己的论点，莫瑞迪把重点放在"乡村故事"（village stories）上，这是19世纪初英国和其他地方流行的一种文类。在研究玛丽·米特福德（Mary Mitford）的《我们的村庄》（Our Village, 1824）时，他暂时抛开这个地方的实际地理位置［比如，伯克希尔（Berkshire）的三里十字村（Three Mile Cross），在"雷丁（Reading）以南十几英里"］，而是绘制出他自己的图表，将24个故事中的关键事件或人物都计算成图表中的点。村庄是中心，各种故事的元素似乎形成了同心圆，由村庄向外辐射。莫瑞迪指出，这些故事中的一个典型插曲是"乡村漫步"：叙述者离开村子，到达目的地，然后回家。由于每次走的方向不同，因此漫步路线图往往会显示出同心圆的模式。这个模式代表了乡村故事的基本时空体——借用一下米哈伊尔·巴赫金的术语。在莫瑞迪看来，这并不仅限于米特福德的故事，而是所有乡村故事的特点。

有一点我们必须记住，那就是，地图本身并不能解释这一现象，毋宁说，它只是帮助确定了当时需要解释的一种现象。莫瑞迪认为乡村生活的地理是循环的,他引用约翰·巴雷尔(John Barrell)的《景观概念和地方感,1730—1840》(*The Idea of Landscape and the Sense of Place, 1730—1840*),并指出,在某个"旷野中的教区",村民们对地理的体验和对这个地方的空间的体验,与那些只是来游览或路过的人的体验是不一样的。很少离开——如果离开过——教区的村民自然会以教区为中心,并对这个地方的地理展开相应的想象;相比而言,路过的旅行者则会在脑海中对此处形成一种线型的意象。此外,在这些故事的描述中,乡下人过着悠闲的生活,享受着慢悠悠的散步和如画的自然风景。莫瑞迪指出:"每一页关于农业劳动的文字,必然对应着20页关于花卉和树木的。"(Moretti 2005: 39)毫无疑问,乡村故事的部分吸引力在于,让城市读者瞥见了一种更简单、更"自然"的生活;对自然的随意观察代表了一种愉悦的休闲活动,就像阅读一样。但圆圈的地理形象与线条恰好相反,其将观察者定位在一个更自由的空间中。对读者来说,城市体验的线型网格被乡村生活的圆圈所取代。

事实上,通过转向其他乡村故事并以类似的方式"绘制"它们,莫瑞迪发展了一部图形式的关于乡村空间地理变化中的现代化历史。在英国,16世纪早期开始的圈地法案,在其后几个世纪里通过议会法案得到了加强,有效地将网格或线型地理强加于开放空间或"公共"空间。但即使有些地方的变化并非如此正式,也有可能出现一种网格地图,因为公路和后来的铁路分割了乡村空间,且一种更为城市化的生活模式被强加于乡村景观。人们可以根据吉尔·德勒兹的区分,把这称为光滑空间的条纹(the striation of smooth space)(如Deleuze and Guattari 1987: 479)。许多此类情况可以在这些现代化事件之前和之后绘制的实际地图中被观察到。莫瑞迪认为,使用通过长年阅读这些故事而创建的地图,我们能确确实实地"看到"这个过程。村庄的象征空间的崩溃体现在该文学时空体本身的崩溃上,而村庄则成为更广阔的地域或国家的一部分。米特福德的《我们的村庄》后来几辑显示,乡村漫步的次数减少了,漫步的圈子更大了,从村庄的中心延伸到更远的地方,甚至超出了伯克希尔的边界。在1832年那一辑中,正如莫瑞迪所说:"村庄的向心力化为乌有,书中的大部分内容都转移到30英里、60英里以外,甚至更远的地方,转移到精英们的豪宅里,在那里玩愚蠢的客厅游戏(而且,在过去,这种游戏更为频繁)。"(Moretti 2005: 59)

莫瑞迪有自己的客厅游戏。他把《我们的村庄》中各种故事的位置标在一张与该地区地图有松散联系的图上,最终揭示了19世纪文学研究中广为人知的一种现象。这一经典化描述在威廉斯的《乡村与城市》中有所讨论,正如前文所述。但在《欧洲小说地图册,1800—1900》中,莫瑞迪使用了类似技巧来展示地图如何"揭示叙事的内在逻辑:情节围绕着这个符号域结合起来并自我组织"(Moretti 1998: 5)。尽管对图表的使用与《曲线图、地图、树形图》中不完全一样,莫瑞迪还是使用地图来阅读19世纪的小说,并揭示了他以前从未见过的模式。他试图将叙事元素绘制在实际地图上,以此作为理解小说中空间实践的方式。

莫瑞迪不仅提供了一种阅读个体文本或书写文学史的新方法，他还提出了一种研究文学文集的新路径。虽然他的文学地理学并非供读者探索叙事中产生的文学绘图的模式，但这的确可以被看作是研究文学和文学史的空间方法的例子。有一种地理批评涉及文学空间性的批评理论与实践，可以运用莫瑞迪关于文学史和绘图的新"科学"的见解。下一章将讨论一些理论家和批评家，他们挑战并拓展了关于空间、地方、绘图、文学理论和社会理论之间关系的思考。

第四章　地理批评

正如第一章中讨论的，文学和文化研究的空间转向引起了文学领域关于空间、地方和绘图的批评性论著的数量和质量的显著提升，这在被称为"理论"的跨学科领域中最为明显。这不仅是因为空间、地方和绘图的问题已经越来越多地贯穿于文学和文化理论研究，而且因为理论本身也是空间性研究的一个重要领域。戴维·哈维提出，

> 在关于时空的常识及看似"自然"的观念的表面之下，隐藏着含混、矛盾和斗争的地带。冲突的产生，不仅仅由于公认的主观评价的多元性，而且因为时间和空间的不同客观物质性质被认为与不同情境中的社会生活有关。类似的重要论争也发生在科学、社会和美学理论领域和实践中。我们如何在理论上表征空间和时间很重要，因为它影响到我们和其他人如何解释世界，如何采取与世界相关的行动。
>
> （1990: 205）

这一章将讨论几位重要理论家，他们对空间性问题的关注使得他们的著作声名远扬，并使他们在文学和文化研究中极具影响力。

在很大程度上，所有这些理论家都必须或多或少克服过去贬低空间性而倾向于时间性的偏见。米歇尔·福柯指出，19世纪早期的哲学话语被时间、历史、进化论、线性进步和目的论等概念所支配。有人坚持认为，在20世纪，"空间是反动的、资本主义的，但历史和变化过程（becoming）是革命性的"（Foucault 1982: 252），这正如福柯提及针对他的《另类空间》（"Of Other Spaces"）演讲的一种特别尖锐的批评时所述。然而，福柯接着争辩道，在一定程度上，由于空间理论和实践的多样性和针对性，这样的观点现在看来是可笑的。有一个术语，涵盖了推动文学和文化研究中的空间转向的各种理论和实践，那就是"地理批评"。

虽然贝特朗·韦斯特法尔在他那本以"地理批评"命名的书中所阐述的地理批评理论，是对空间性研究的重要贡献——对此后文还将详细讨论——但我对地理批评持更广义的理解，并且将在这一概念下囊括本章将研究的多位其他批评家和思想家。在我看来，空间的诗学和空间生产，以及对权力的空间分析和对性别与空间性的审视，显得与此尤其相关，此外，空间哲学和空间批评也是如此。在谈到福柯的著述时，我还使用了"制图学"这个词——该术语（就像符号学或工艺学或路易斯·马林的"乌托邦学"）听起来可能比实际情况更具有技术性——用来指称一套批评实践，以寻求处理与文化和社会理论有关的空间关系问题。这将包括文学和艺术方面的努力。因此，地理批评或空间批评理论可以被广泛理解为既包括美学又包括政治，是一整套跨学科方法中的元素，旨在获得对不断变化的空间关系的全面而细致入微的理解，这些空间关系决定着我们当前的后现代世界。这些实践同样受到近年来从根本上影响了自然科学和社会科学的变革力量的影响。地理批评将地图绘制和空间分析牢牢地定位于其他研究领域的框架内，同时保持着足够的灵活度，以适应那些不适合传统地理研究领域的情况，例如文学本身。

我认为，地理批评的一个根本任务是对这些新的绘图加以分析、探索和理论化，这些绘图帮助我们理解我们在世界中所处的地方和空间的意义。地理批评将必须考虑到空间实践——当然包括地理绘图本身，但还包括人种学或经济学等知识成果——的使用和部署方式，既用于镇压的目的，也作为促进政治解放的手段。作为分析文学文本的一种方法，同时也是一种社会批评方法，地理批评也许可以在其他空间中发现隐藏的权力关系，而那些不太关注空间性的批评理论很可能会忽略这些空间。

空间的诗学

加斯东·巴什拉，法国哲学家，其影响深远的著作后来渗透到路易·阿尔都塞、米歇尔·福柯、雅克·德里达等人的思想中。在《空间的诗学》（1969；最初于1958年以法语出版）中，巴什拉对日常生活中的空间展开了现象学研究，并特别关注家宅领域，以及伴随而来的空间和物品，如房间、地窖、阁楼、角落以及家具。巴什拉主要关注的是"诗歌意象"，他的分析有一部分涉及认识论问题，即如果诗歌意象的实际体验只有诗人才能接触到，那么读者如何才能把握这些意象的现实呢？巴什拉指出："诗歌的读者被要求不把意象看作一个物体，更不是看作物体的替代品，而是抓住意象的具体现实。"（Bachelard 1969: xv）他断言，理性或心理学并不能真正解释对诗歌意象的领悟，而诗歌意象更需要从白日梦的角度加以理解，而白日梦是一种可以通过现象学探索的出于内心的，几乎是前认知的（pre-cognitive）体验。

与本章和整本书中讨论的许多其他理论家不同，巴什拉的主要兴趣不是巴巴拉·皮亚蒂所说的"地理空间"（2008: 22—23），或地理的"真实"空间，而是诗意的空间或想象的空间。当然，这并不是说巴什拉忽略了"真实的"空间。毕竟，房子的住宅空间，以及巢或壳的家屋形象，的确指的是身体所居住的实际空间。只不过，巴什拉的"恋地"倾向（topophilic orientation）——他如是命名——将他限定在那些"我们喜欢的空间"，限定在"宜居空间（felicitous space）的简单形象"（Bachelard 1969: xxxi）。因此，即使他关注的是房子里的真实空间，比如地窖或衣柜，他最感兴趣的总是主体关于体验这些空间的富有想象力的反应。伴随着家宅空间的庇护价值——这可能是一种积极的价值——还有想象的价值，且"这很快就成了主导性价值"（同上：xxxi-xxxii）。巴什拉继续道，

> 被想象力捕获的空间，不再是受制于勘测员的测量和估算的中立空间。人生活于其中，不是在它的确定性之中，

而是与想象力的所有片面性一同居于其中。特别是，它几乎总是具有吸引力。因为它集中在庇护的范围内。在意象的领域，外表和亲密之间的相互作用是不平衡的。［……］但是，意象本身并不太适合于安静的想法，或者说最重要的是，不太适合于确切的想法。想象就是不断地用新意象想象并丰富自己。

（1969: xxxii）

巴什拉从家宅或家开始——广义而言，这是人类想象的基本空间："所有真正被居住的空间都具有家这一概念的本质"（同上：5）。他指出，想象甚至可以把阴影变成住所的"墙"，而在讨论"家宅空间的诗意深度"时，巴什拉认为"家宅的主要好处"是"家宅为白日梦提供庇护，家宅为做梦者提供保护，家宅让人在平静中做梦"（同上：6）。由于对白日梦、记忆和个体心理主体空间的重视，巴什拉建议将**场所分析（topoanalysis）**作为精神分析的必要补充（同上：8）。在这些地方，"我们的许多记忆被收藏"，并且"我们一生都在白日梦中回到它们身边"（同上）。因此，我们对时间的体验实际上被冻结在记忆、图像排列或空间安排中的各个分散的时刻，因而空间变得比时间性更重要，时间性已经不再被理解为河流这样的隐喻。戴维·哈维在对巴什拉论点的评述中总结道："如果时间的确常常不是作为流动，而是作为对经历过的地方和空间的记忆被纪念的话，那么历史确实必须让位于诗歌，时间必须让位于空间，以作为社会

表达的基本材料。"（Harvey 1990: 218）

巴什拉的《空间的诗学》讨论的是心灵和想象的内部空间，因此，该诗学不太适用于其他朝向空间的批评家所采用的地理或绘图工程。尽管如此，他对想象的内在空间的探索继续对作家们产生着影响，他们的作品远远超出了装修精良的住所提供的简单乐趣。

空间的生产

空间理论最有影响力的著作之一是法国马克思主义哲学家和社会批评家亨利·列斐伏尔的《空间的生产》（1991；最初于1974年出版），它本身既是空间转向的反映，也是空间转向的动力。这是一本难度很大的书，它不仅仅是在区分抽象空间和社会空间时解释了一种"空间辩证法"。尽管如此，列斐伏尔的观点有助于戴维·哈维和爱德华·苏贾的批判社会理论的形成，而《空间的生产》，无论是否被引用，在地理学、城市研究、建筑、社会学以及哲学、文学和文化研究中都产生了广泛的影响。事实上，苏贾把《空间的生产》称为"可以说是关于人类空间性的社会和历史意义以及空间想象的特殊力量的最重要的书"（Soja 1996: 8）。

列斐伏尔在标题中就宣告了他那令人惊叹的大胆论断。空间，这里指的是社会空间，不是笛卡尔式或康德式理论中的空容器，而是人类努力使之成为可能的社会产物。从最初的命题"（社会）空间是一种（社会）产物"（Lefebvre 1991: 30）

开始，列斐伏尔对空间的生产进行了仔细而广义的阐述；他解释道，

> 空间的生产不是生产一千克糖或一码布那种意义上的生产。它也不是糖、小麦或布匹等产品的地点或位置的集合。它是按照上层建筑的样子产生的吗？再说一次，不是。更准确的说法是，它既是社会上层建筑的前提条件，也是其结果。国家及其每个组成机构都需要空间——但需要的是可以根据自己的具体要求来组织的空间；因此，空间不能仅仅作为这些机构的和管理这些机构的国家的"先验"（a priori）条件来对待，这是没有意义的。空间是一种社会关系吗？当然——但这是财产关系（尤其是土地所有权）所固有的，也与生产力（将某种形式强加于土地的生产力）紧密相连；这里我们看到了社会空间的多价性（polyvalence），它的"现实"既是形式上的，也是物质上的。虽然它是一种供使用和消费的"产品"，但它也是一种"生产方式"；原材料、能源交换与流动的网络塑造了空间，并由它决定。因此，这样产生的生产方式既不能脱离形成它的社会分工，也不能脱离国家和社会上层建筑。
>
> （1991：85）

根据这一假设，空间也具有深刻的历史性，以不断发展的生产方式为基础，并容易受到相互冲突的过程的影响："每个社会——

因此每种生产方式［……］——都产生一个空间，它自己的空间"（Lefebvre 1991: 31）。

菲利普·韦格纳（Phillip E. Wegner）指出，列斐伏尔的理论不同于其他朝向空间的理论传统，如结构主义或现象学，因为"空间本身的构成从来就不是单数的"，而是多价的，由人类的互动构成，这些互动以"辩证对立的方式交织纠缠"（Wegner 2002b: 182）。列斐伏尔建立了一个与我们经验和表征社会空间的各种方式有关的"概念三位一体"（conceptual triad）。其三个要素是"空间实践"（spatial practice）、"空间的表征"（representations of space）和"表征的空间"（representational spaces），分别对应存在和理解空间的三种模式，即"感知的"（the perceived）、"构想的"（the conceived）和"生活的"（the lived）① 空间（Lefebvre 1991: 33—40）。列斐伏尔写道："一个社会的空间实践中隐藏着这个社会的空间；从分析的角度来看，一个社会的空间实践是通过对其空间的解码来揭示的。"（同上：38）在这个模型中，空间的表征是指"概念化的空间，即科学家、规划者、城市规划专家、技术专家和社会工程师的空间，也是具有科学倾向的那一类艺术家的空间——所有这些人都将生活的和知觉的等同于构想的"（同上）。这种"构想的"空间更接近于传统理论对空间的刻画。最后，表征的空间指的

---

① 也被译作"实际的"。塔利认为此处的"lived"接近"experienced"，强调这是人们直接经验的空间。——译者注

是"通过相关联的图像和符号直接生活的空间,因此是'居民'和'使用者'的空间[……]这是被支配的——因此也是被动体验的——空间,是想象力试图改变和挪用的空间"(Lefebvre 1991: 39)。

在对空间生产的长篇分析中,列斐伏尔描绘了随着资本主义生产方式的发展和"抽象空间"的出现,视觉语域(相对于其他感官语域)的日益重要和最终的支配地位。抽象空间显现了,但也只是显得(虽然外表也是它的强项)"具有同质性",但事实上同质性是"它的目的,它的方向,它的'透镜'"(同上:287—288)。随着抽象空间的视觉语域或几何语域占据主导地位,生活体验和对空间的知觉都变得更加碎片化、试探性、不完整。一定程度上,正是这种在晚期资本主义生产方式下产生的新空间组织,促使詹姆逊呼吁一种认知绘图的美学,这在上一章中已经讨论过了。列斐伏尔的马克思主义分析也与哈维关于后现代状况下的时空压缩理论是高度一致的(当然,也影响了哈维的理论)。此外,他在《空间的生产》中对空间性的开放式研究显然构成了苏贾的"第三空间"(thirdspace)思想的基础,尽管这是一个颇为流动且多变的基础。"第三空间"结合了"真实的"空间和"被表征的"空间的各个方面,并且还超越了它们:"同时是真实的和想象的,以及更多(两者都是,还包括……),对第三空间的探索可以被描述并铭刻为'真实并想象的'(或者,也许可以用'real-and-imagined'?)地方。"(Soja 1996: 11;省略号是原文中的。)

列斐伏尔对空间生产的分析与福柯对权力和知识的研究之间产生了令人着迷的共鸣，这两者几乎是同时的。福柯的著作长期以来一直关注空间性问题，但他在70年代的著作中概述的权力理论对批评、社会和文学理论产生了极其重要的影响。

权力的空间

虽然福柯20世纪70年代的谱系学研究对许多从事空间性研究的批评家和理论家而言非常重要，但他在早期的著作中已经证明了空间和空间关系的重要性。正如我们已经注意到的，他在1967年首次发表的关于异托邦和日常生活空间的简短演讲（但直到1984年才以"Des espaces autres"①为题出版）中指出，当前的时刻代表了"空间的纪元"（Foucault 1986: 22）。福柯至少在一定程度上是在讨论那时结构主义者和现象学家之间的当代辩论，但关于那个历史时刻已被空间性思考所主导，而不是由时间性思考主导，或者作为对时间性思考的补充，这一重要见解现在似乎已变得司空见惯了。人文社会科学中的空间转向在很大程度上要归功于一种普遍的感觉，即空间不仅仅是事件的背景或环境，或一个充满行动或运动的空容器，或被视为"死的、固定的、非辩证的、不可移动的"东西（Foucault 1980b: 70）。更确切地说，空间既是一种产品，也具有生产性，这是列斐伏尔在《空间的生产》一书中非常明确地指出的；而福柯则接着指出，事实上，空

---

① 法文，相当于英文"Of Other Spaces"，意为"其他空间/另类空间"。——译者注

间生产了我们。确实，福柯对权力的空间性分析——他整个多面向、多元化著作体系的基础——在空间转向之后，使我们今天处于一个更好的位置，来认识空间对于我们对文学、社会和文化的批评的重要性。

正如其崇拜者和诋毁者经常指出的那样，福柯对权力和知识的历史分析在很大程度上借用了空间性话语（discourse of spatiality）。这种话语有时只是隐喻性的，比如他在《规训与惩罚：监狱的诞生》（*Discipline and Punish: The Birth of the Prison*, 1977；最初于1975年出版）中使用的"环形监狱"（carcerel archipelago）①一词；有时又是字面意义的，比如他在同一本书中对全景敞视主义（panopticism）的细致分析。在他最早的关于疯癫、疾病和更广泛的人文科学的"考古学"中，福柯运用了揭示知识沉淀的不同矿层的方法，从而准确地定位精神病院、临床医学或整个人文科学的"诞生"。他确定了事物顺序的空间意义，这既是地理学意义上的，例如，对群体中出现传染病的公共反应是一种从流放到圈禁的变化；也是更抽象意义上的，如收集数据并将其组织成图表。后来，随着对个体性的规训形式和性史的谱系研究，他把权力关系的流动线路绘制成一个明显的空间矩阵，尽管他的历史叙事的轨迹将这些空间缠绕在一起。德勒兹在他对《规训与惩罚》的评论中有一个著名的命名，他称福柯是一位"新绘图者"（new cartographer），一个将社会力量绘制成图

---

① carcerel archipelago: 字面义是"由群岛构成的监狱"，福柯以此喻指无处不在的（panoptic）权力/知识的运作使得城市空间变成一座由无数小监狱（岛屿）构成的大监狱。——译者注

表的人,德勒兹称此图表为"一张地图,或几张叠印的地图"(Deleuze 1988: 44)。福柯对现代社会形态中的权力和知识的空间分析构成了一个更大工程的一部分,甚至构成了一种可以被贴上"制图学"标签的方法论的一部分,正如我曾建议的那样(见Tally 1996: 414)。就像爱德华·苏贾的"三元辩证法"(Trialectics)或路易斯·马林的"乌托邦学"那样,作为对现代社会权力关系的福柯式研究的一部分,制图学使得对这些社会内部和关于这些社会的绘图做出认真细致的分析成为可能。福柯的权力绘图是一个重要资源,可用于了解这一制图紧迫性出现的方式,及其继续发挥其微妙而无处不在的力量的方式。

在《另类空间》一文中,福柯将巴什拉在《空间的诗学》和其他论著中分析的内部空间与我们生活的外部空间(l'espace du dehors)区分开来,而外部空间构成了我们的生活、我们的时间和我们的历史。正如福柯所说,"这个啃咬着、抓挠着我们的空间"是一个异质的空间(Foucault 1986: 23)。他的权力绘图,他对这个异质空间的耐心而引人入胜的分析——这个空间将个人和群体形塑为主体,同时也代表着一个社会力量在其中流动的动态环境——在他对特定社会机构,尤其是精神病院、诊所和监狱的研究中显现出来;然而,这些局部分析迅速扩展到一个更广阔的社会领域,此处,权力的空间关系在整个社会机体中变得明显可见,并且,这样的空间关系影响了对"常态"和"病态"的确定[借用福柯的前辈乔治·冈圭朗(Georges Canguillem, 1991)的书名],其确定方式数不胜数,而且常常是不可见的。

在其所谓的20世纪六七十年代的考古学和谱系学著作中，福柯对现代社会形态的产生方式进行了细致的研究和分析。在几项重要的研究过程中，他探讨了现代社会的一般性质以及在这些社会中组织、结构和制约日常生活最细微方面的社会过程如何揭示了一个日益突出和高度微妙的空间化过程。正如福柯的著作显示的，这种空间化不仅表现在传统上与地理或地理知识相关的现象上，而且出现在人口统计学、医学、城市和区域规划以及教育等相关（或不那么明显相关）的领域，更不用说19世纪开始出现并迅速发展的一些社会科学，如心理学、社会学、人种学和经济学。从《疯癫史》（*History of Madness*；1961年以 *Folie et Déraison: Histoire de la folie à l'âge classique* 为标题首次出版）到写于70年代末、80年代初的三部《性史》（*The History of Sexuality*），福柯研究了在移动和变化的空间矩阵中对身体定位、分布、分类、调节和识别的过程。现代世界的考古学或谱系学，如他在《规训与惩罚》中所称的"当下的历史"（Foucault 1977: 31），揭示了一种密集分层的，但完全灵活而多变的空间安排。

尽管这两位思想家从完全不同的角度探讨了现代社会或后现代社会的空间性，福柯的作品却与詹姆逊在《后现代主义，或晚期资本主义的文化逻辑》中简要勾勒的空间形态史有着令人着迷的共鸣——上一章的结尾对此亦展开了讨论。詹姆逊借鉴了列斐伏尔对空间生产的理论化，并在此基础上概述了每一种连续的生产方式，更具体而言是资本主义生产方式的每一阶段的发展以怎样的方式"产生了每个阶段所独有的空间"。在詹姆逊的马克思主义分析看来，这些类型的空间"都是资本扩张的总量飞跃中非连续发展的结果"（Jameson 1991: 410）。和福柯一样，詹姆逊发现社会空间的组织会受到非连续变化或断裂的影响，这就需要新的绘图方式。然而，与福柯不同的是，詹姆逊对这些社会和空间形态变化的理解植根于资本的物质过程和功能，而不是詹姆逊不屑一顾地称之为"福柯所谓'权力'的影子般的神秘整体"（同上）。詹姆逊的这种抱怨，列斐伏尔很可能深有同感。詹姆逊认为资本本身是空间秩序和政治秩序背后的动力，并且，我们在任何特定时刻所处的几乎无法表征的空间，必须在与劳动、工资、货币政策和金融化等重要经济关系的联系中加以把握。福柯的权力绘图与列斐伏尔或詹姆逊对空间生产的历史绘图并非完全不一致，但他的方法和目标却大不相同。尽管如此，他通过"权力/知识"关系对空间组织和空间重组的描述的确与马克思主义批判具有交叉性，这可以从哈维、苏贾和德里克·格雷戈里（见Gregory 1994）等马克思主义地理学家的重要著作中看出，所有这些人都从列斐伏尔、詹姆逊和福柯那里汲取了灵感。

　　福柯的理论将权力看作无处不在的、毛细血管般的、生产性的，几乎没有把权力视为非物质的。因此，人们可能会争辩说，资本，或由特定资本主义生产方式产生的条件所组织并维持的权力关系，仍然是福柯"图表"的一部分，正如德勒兹在对《规训与惩罚》的评论中所称的那样（Deleuze 1988: 23—24）。德勒兹所指的福柯研究中的图表，可以与詹姆逊的"认知绘图"概念相比较。特别是在他著名的关于全景敞视主义和边沁（Bentham）的"圆形监狱"（Panopticon）的章节中，福柯讨论了一个日益空间化的社会权力组织的出现，而这种加剧的空间化是现代（和后现代）状况的一个关键性和界定性方面。这种社会力量的空间化不仅表现在一种直接的地理边界绘制或地理分界中，如用于抗击黑死病爆发的"严格的空间区隔"（Foucault 1977: 195），而且还表现在更广泛的人口统计、经济、政治和医学数据的排序上，如《临床医学的诞生：医学知觉考古学》（*Naissance de la clinique: une archéologie du regard médical,* 1963）所阐述的那样。福柯认为典型的现代社会有一个重要特征，即个体在空间中的科学分布和汇编。因此，这些书赋予"*le regard*"或"凝视"极大的重要性——此"凝视"被广义地理解为不仅包括直接观察，而且还包括信息的收集和排序，通过这些信息，权力/知识结构促进了对现代个人的塑造——这为空间分布提供了一个实用的模式。权力之眼自动运作，它的效力最终不在于别人的监视，而在于一种更普遍、更微妙的自我监管。弗里德里希·尼采在《论道德的谱系》（*The Genealogy of Morals*）中已将其等同于坏良知的情感。从其早期关于精神病院和临床医学出现的书籍中的知识考古学，到他的权力谱系学和监狱与性方面的书籍中这一主题的出现，福柯展示了社会组织和社会经验的深刻空间化。

早在《疯癫史》中，福柯就描述了一种社会的出现，这种社会通过空间化矩阵中对个体的组织和登记来加以管理。在这部著作中，福柯研究了识别、分类和治疗疯癫的技术，这些技术最终导致了现代精神病院的出现。精神病院的诞生，从前现代对来自城镇的疯子的排斥和阴魂不散的中世纪"傻子船"（Das Narrenschiff）形象，到福柯所称的"大监禁"（the great confinement），是强大而细致入微的空间集中、空间分类和空间组织的一部分。这涉及对个人进行分类的权力，将他们归入某些可识别的群体，并将他们安置在适当的地方；也就是说，"精神失常者"成为普通人群的一个特殊子集，不被排除在外，而是被严格地包括在内。这一过程还需要将这些人安置在某一特定地点，如医院或收容所，使他们不仅与其他人隔离，而且接受研究和治疗。虽然福柯并未主张这两种发展之间存在形式的或因果的联系，但他的确认为，这种大监禁与资本主义生产方式的技术和文化变革是同时发生的。例如，早期收容所不仅收容精神病患者，而且收容穷人和"闲散人员"。事实上，在18世纪之前和期间，这种区别可能并非总是很清晰，因为懒惰被视为道德和精神虚弱的一种表现。后来，对一支"剩余劳动力的后备大军"的需要——卡尔·马克思对失业者的称呼——赋予穷人社会价值，因而现在需要将他们与疯子区分开来（见Foucault 1965: 218—219）。随着对不同个体进行分类和定位的方法变得更加精细，社会空间的组织也变得优先于日常生活的其他领域。福柯也正是在这一点上确认了法国社会的日益城市化趋势，因此，在法国，城市规划、警察监督和实际的地图绘制开始呈现出作为一个整体的新国家社会组织的模式。

在他的下一本书《临床医学的诞生》（1963；1973年翻译

成英文）中，福柯开始远离作为权力和知识空间化模式的中心化（centralization），并开始勾勒出空间实践变得更加流畅、灵活和富有弹性的方式。尽管这与后来提出的权力理论还有一段距离——在这个理论中，权力具有毛细血管和去中心化的（decentralized）性质——但他在这本书中展示了"医学凝视"是如何以一种比人们通常想象的更加微妙而广泛的方式运作的；医学凝视并不是将医学集中化的向心力的结果，而是辐射到整个社会机体。诚然，19世纪的医疗实践和通过它们获得的知识变得更加集中，这表现为国家管制和一种生物—政治权力/知识综合体，但福柯在这里指出，社会中对个体的空间组织在很大程度上与限制无关，而更多地与分布相关。在健康的社会制度下，个人受制于更多监管，常常被登记在册，被安置在可识别的地方，被监测，被分类，但不一定被隔离在某一特定地点。福柯后来在一次采访中说：

> 当时的医生，除其他专长外，还是空间方面的专家。他们提出了四个基本问题：本地条件问题（地区气候、土壤、湿度或干燥度……）；共存的问题（人与人之间的问题，密度和临近度的问题；或人与物之间的问题，水、污水、通风的问题；或人与动物之间的问题，马厩和屠宰场的问题；或活人与死者之间的问题，如墓地的问题）；住宅的问题（环境、城市问题）；流离失所的问题（人的迁移，疾病的传

播）。医生和军队一道，成为集体空间的第一批管理者。

（Foucault 1980a: 150—151）

从这里开始，目光不再局限于它运作的特定地方，而是广泛地涵盖了整个社会领域："如果说医生的干预在这一时期是至关重要的，那是因为它是一系列全新的政治和经济问题所要求的"（同上：151）。福柯认为，权力和知识的有效运作贯穿于整个空间政治领域（spatio-political domain）。在他的这一观点中，他的"医学凝视考古学"（福柯这本书最初的副标题）指向了他后来在《规训与惩罚》中关于规训实践谱系的描述。

《全景敞视主义》也许是《规训与惩罚》中最著名的一章，也最清楚地说明了关于社会关系的强空间性组织。本章以描述对遭黑死病侵袭的城市的组织方式开始，并因此回顾了早期研究中关于治疗疯癫和身体疾病的争论的历史记录。严格的空间分隔、不间断的监视、对个体的分布和定位、对数据的持续监测和记录，以及权力运行的加强和扩散，这些都是受瘟疫侵袭的城镇社会组织的典型特征。

这个封闭的、被分割的空间，在每一点上被观察；在这个空间中，个体被嵌入一个固定的地方，最轻微的动作都受到监督，所有事件都被记录，一种不间断的书写工作将中心和边缘连接起来，权力无须分割，而是按照一个连续的等级图形得以行使，每个个体不断被定位，被检查，被分布在活人、病人和死者当中——所有这一切构成了规训机制的一个压缩模型。

（Foucault 1977: 198）

福柯以"此为完美治理的乌托邦之城"结束了这一段。

福柯认为这种模式的工具性和效果与杰里米·边沁（Jeremy Bentham）1791年的"圆形监狱"所描述的完全相同，这是一种监狱和建筑装置的模型，里面的人受到持续的监视；圆形监狱机器的对象始终意识到自己处于一个管理到位、全方位监控的社会矩阵中。与他早期的研究相比，福柯在此更加重视空间关系，认为这是通过权力和知识的运作来组织社会领域的基础。他解释道：圆形监狱"的应用是多方面的；它不仅用于改造囚犯，而且还用于治疗病人，指导学龄儿童，圈禁精神失常者，监督工人，让乞丐和游手好闲者投入工作。它是身体在空间中的定位，是个体分布之间的相互关系，是等级性组织，是权力中心和权力渠道的配置，是对权力工具和权力干预方式的定义，这些都可以在医院、车间、学校、监狱中实施。无论何时，当一个人面对多重个体，且必须强加给他们一项任务或一种特定形式的行为，都可以使用这种全景敞视模式"（同上：205）。福柯以反问句结束："监狱像工厂、学校、营房、医院，它们都像监狱，这令人惊讶吗？"（同上：228）

在对福柯哲学的研究中，德勒兹认为这是《规训与惩罚》最重要的成就：孤立并描述权力的"图表"（diagram），也就是说,权力的地图。全景敞视图表的泛化超越了监狱或济贫院的建筑性应用,这构成了一种新形式的社会空间组织。按照德勒兹的理解,"这个图表不再是一种听觉或视觉档案,而是一种地图,一种与整个社会领域共同延伸的绘图"(Deleuze 1988: 34)。在揭示这张权力地图时,福柯本人就是一个制图者,绘制了空间权力关系的地图,而这种权力关系既积极地生产了社会领域,也对其产生了细致入微的影响。与詹姆逊和列斐伏尔的空间生产观不同,德勒兹的福柯式分析侧重的不是作为组织力量(the organizing power)的资本,而是权力本身①,它可能包括但不限于经济生产方式。或者,正如德勒兹在福柯的分析中总结出他的图表概念:

> 我们已经看到力量之间的关系,或者说权力关系,或者说微观物理的、战略的、多点的和扩散的关系,并看到它们决定了特定的特征,并构成了纯粹的功能。图表或抽象机器是力量之间关系的地图,是密度或强度的地图,其经由最初的不可定位的关系前进,并且每一时刻都穿过每一个点,"或者更确切地说,经历从一个点到另一个点的关系"。
>
> (同上:36,译文经过修改;最后一句引文来自Foucault 1978: 93)

---

① "power"既有"力量"的意思,又有"权力"的意思。

虽然德勒兹此处的分析或许有些抽象，但他对福柯绘图工程的解读，强化了基于清晰的权力关系空间性的社会形态观。

城市行走：一首长诗①

米歇尔·德·塞托在对福柯论点的精彩反驳中争辩道，街道上的行人、橱窗的看客，或者"游荡者"，都可以从权力之眼的总体化凝视中逃脱出来，并且可以积极地破坏和重组权力的空间关系。正如本书第三章中提到的，德·塞托研究了在城市中行走的个人或群体的空间实践，并且在《日常生活实践》（*The Practice of Everyday Life,* 1984）中指出，这些"空间故事"可以逃脱或破坏福柯对全景敞视主义的阐述中所揭示的权力场。

德·塞托分析"在城市中行走"时，首先将街头行人的视角与从高处俯瞰整个城市的"偷窥者"（voyeur）的视角展开对比。如今读来令人心酸的是，德·塞托头脑中想到的视角是从世界贸易中心（the World Trade Center）的观景台上获得的；在德·塞托撰写该书时，纽约的双子塔是世界上最高的摩天大楼，并且位于曼哈顿的另一端；在晴朗的日子，站在世贸中心的顶上可以获得极佳的视野，能看到曼哈顿的全貌，以及哈德逊河对岸的其他行政区和新泽西的部分地区。德·塞托写道，

---

① "The Long Poem of Walking" 出自德·塞托的《日常生活实践》英文版中 "The long poem of walking manipulates spatial organizations"。德·塞托在这一节讨论的是城市中的空间实践，此处的"walking"强调的是"在城市中行走"，而使用"the long poem"这个隐喻，是为了强调"行人的行走书写了城市空间"，这个隐喻统摄整节内容。因此，译者认为应明确行走乃在城市中行走，并应保留"行走是一首长诗"这个隐喻。因此译为"城市行走：一首长诗"。

"被升至世贸中心的顶端,就是从城市的掌控中跳脱出来"(de Certeau 1984: 92)。从这高塔——"这飞过城市上空的伊卡洛斯(Icarus)①"——望去,人变成了窥视者,能从远处"阅读"城市,"成为一只太阳之眼(solar Eye),如神一般向下看。这是视觉欲望和认知欲望的兴奋:知识的虚构与这种想要成为视角的欲望相关,仅此而已"(同上)。对德·塞托来说,从这个角度看到的城市形象是"由空间规划师、城市规划者或地图绘制者〔……〕生产的摹本的类似物"(同上:92—93)。

与此相反的是,德·塞托声称,"城市的普通实践者"就在下面的街道上:"他们是行走者,'流浪者'(*Wandersmänner*),他们的身体跟随着城市'文本'的热闹与冷清,这是他们书写的文本,他们却无法阅读"(同上:93)。他特别援引了福柯在《规训与惩罚》一书中的结论,并由此主张,行人试图定位"与视觉、全景敞视或理论性建构的'几何'或'地理'空间无关的实践"(同上)。他在行人的"言语行为"(speech acts)中发现了某些"空间实践":"那些逃脱规训的形式和反抗,那些狡猾而顽固的程序"(同上:96)。也许考虑到波德莱尔或本雅明对"游荡者"的讨论,德·塞托将行人、过路人、橱窗看客和流浪者看作城市的真正作者:"他们不是局部化的;但正是他们在进行空间化"(同上:97)。

---

① 伊卡洛斯(希腊文:Ἴκαρος;英文:Icarus)是希腊神话中代达罗斯的儿子,与代达罗斯使用蜡和羽毛造的翼逃离克里特岛时,他因飞得太高,双翼上的蜡遭太阳融化跌落水中丧生,被埋葬在一个海岛上。——译者注

代表权力/知识的全景敞视视野与街头流浪者相对自由而难以辨认的行动形成对比，这构成了德·塞托所说的"行走的长诗"的基础。他解释道，

> 《行走》这首长诗操纵着空间组织，不论它们多么具有全景敞视性：行走对它们来说既不是外来的（它只能在它们内部发生），也与它们不一致（它并非从它们那里得到自己的身份）。它在它们内部创造阴影和模糊。它将它的大量参考资料和引文插入它们内部（社会模式、文化习俗、个人因素）。在它们内部，它本身就是连续相遇和连续场合的结果，这些相遇和场合不断改变它，并使它成为他者的标志：换句话说，它就像一个小贩，带着一些与通常选择相比令人惊讶的、独特的或吸引人的东西。
>
> （1984: 101）

似乎是为了强调在地图的几何空间或全景敞视空间中明确定位"游荡者"的困难或不可能性，德·塞托说："行走就是没有地点。"（同上：103）

在一个相关讨论中，德·塞托区分了行程和地图（map）。上一章曾提到，詹姆逊正确地指出，凯文·林奇的"城市意象"更与行程相关，而不是地图。在德·塞托看来，区别在于"经验的两极"之间，即"看（seeing）（对不同地点之间顺序的了解）和走（going）（空间化的行动）"之间的区别（同上：

119）。因此，对德·塞托而言，地图是太阳之眼的总体化静态概览，而行程或旅程（tour）并非以叙事运动中的描述性概观为基础，从而使越界成为可能。制图员和城市规划师能建立一个有序的网格，但行人会发现捷径或未标记的通道，并成为一个"社会不良分子"（de Certeau 1984：129—130）。

德·塞托的行走中的行人形象，通过在城市中穿行"书写"了城市的文本，这令人想起上一章讨论过的瓦尔特·本雅明的《拱廊街》。在对波德莱尔的评价中，本雅明认识到"游荡者"的凝视在某种意义上"改写"了空间的故事，因而，本雅明或许以这种方式预示了德·塞托视行人或过路人为社会不良分子的观念，这些行人完全具有行动性，可以"操纵空间组织"。本雅明解释道，

> 在波德莱尔那里，巴黎第一次成为抒情诗的主题。这首诗不是献给祖国的赞美诗；相反，这位寓言诗人的凝视，当它落在巴黎城，是对被疏离者的注视。这是"游荡者"的凝视，他的生活方式依然给大城市人们与日俱增的荒凉洒上一抹抚慰的光晕。"游荡者"依然站在门槛上［……］
>
> （1999: 10）

从某个角度来说，"寓言诗人的凝视"可以看成对空间的全景敞视性组织的反凝视，因为寓言作家用另一个故事取代了所表征的故事。那么，在某种程度上，本雅明关于波德莱尔的游荡者的描

述提供了空间实践的另一个例子，这些实践是对自上而下的整体化凝视的反抗，正如德·塞托所分析的那样。当然，这并不是说行人天生就是激进的或政治上进步的，而只是，路人体现并揭示了能取代现代社会看似无所不在的空间化的其他可能。这一点，福柯几乎肯定会同意，因为他认识到，各种抵抗模式和权力关系的重新定向，在很大程度上是作为整体的体系构成的一部分。

本雅明关于站在门槛上的观点，是在他的许多著作中反复出现的意象，其本身既是一个空间概念，也是一个历史概念。在其著述中，本雅明经常提到像门槛、边缘、前厅、边境或边界这样的比喻——不管是真实的还是想象的——似乎是为了强调这些阈限空间（liminal spaces）的模糊性。在谈到自己的童年和《柏林纪事》（"A Berlin Chronicle"）中的"城市漫步"时，他特别提到从一个社区和社会阶层"跨过门槛"到另一个社区和阶层的魅力："就整个街道网络的开放性而言，这不仅是社会边界的跨越，也是地形学边界的跨越［……］但是，它确实是一次跨越。它难道不是一种在边缘区的顽固而舒适的徘徊，一种在逾此边界只有虚无的情况下持有最具说服力的动机的犹豫吗？"（Benjamin 1978: 11）。本雅明总结道："大城市有无数这样的地方，在那里，人们站在虚空的边缘。"（同上）有趣的是，在《柏林纪事》的这一段中，本雅明将进入穷人社区的感觉和那种混杂的情绪——既恐惧或痛苦又由此而激发的渴望——展开对比，和当众与妓女搭讪的经历展开对比。这一事实提醒我们，（福柯的著作中）通过权力与知识网络对空间的社会组织，也许被（德·塞托的）大街上的不良分子所修正和抵制，并因（本雅明笔下的）城市游荡者变得更加模糊，同时，这些空间社会组织也会遭遇类似于性和性别的分析。

性别化空间 [①]

近几十年来，在社会理论和文化研究的空间转向方面，最重要的理论家当中应该包括女性主义哲学家、地理学家和批评家。她们意识到地理学的学科领域或地理学专业以及空间性话语往往都是男性主导的。因此，吉莉恩·罗斯（Gillian Rose，1962— ）这样的女性主义地理学家指出："地理学对男人和女人的行为有着一系列心照不宣的假设，而且，这个学科集中于研究该学科按照男人的观察所看到的空间、地方和景观。"（1993：2）女性主义地理学，以及其他一些学科中的女性主义干预，旨在揭示一直未被揭露的空间性别化现象，同时也建立起对男性主导的社会形态的权力/知识关系的修正性批判。因此，从某种意义上说，女性主义对地理学的批判需要对社会空间有一种新理解，因为这样的研究揭示了"空间与性别化现实建构之间深刻而复杂的关系"（Ganser 2009：66）。

在对女权主义地理思想的重要贡献《空间、地方与性别》

---

① 这一节的英文小标题是"Engendering spaces"。作者将"engendering"用作双关语：一方面，该标题在字面上表示"产生/生产空间"，因为贯穿（明示或暗示）全书的一个观点是，空间是被生产/创造出来的；另一方面，"engendering"喻指"gendered"，"Engendering spaces"指"被性别化的空间""将空间性别化"。——译者注

(*Space, Place, and Gender,* 1994)中,英国地理学家多琳·马西(Doreen Massey, 1944—2016)以令人信服的例证说明了所有空间与生俱来就是性别化的观点。她指出:"从空间/地方的象征意义及其传递的明显性别化信息,到直接的暴力排斥,空间和地方不仅本身是性别化的,而且因其性别化,这两者都反映和影响着建构与理解性别的方式。"(1994: 179)虽然专业地理学家很少讨论,甚至很少承认空间的性别化,但马西指出,如果在英格兰曼彻斯特长大,就直觉而言很明显的是,有些公共场所是女孩和妇女没有去过的(并且,或许这隐含着,禁止女性去)。后来,她注意到,特定场所对男性和女性产生的影响非常不同,例如展出男性所画裸体女性人像的艺术博物馆的展厅。马西指出,类似例子的清单可以大大增加,她的结论是:

  空间和地方,不同空间和不同地方,以及我们对它们的感觉(以及我们的移动程度等相关事物)都贯穿着性别化。此外,它们以无数种不同方式被性别化,这些方式因文化和时代的不同而不同。这种空间和地方的性别化,既反映了性别在我们所生活的社会中被建构和理解的方式,也对这些方式产生了影响。

(同上:185—186)

马西认为,通过"认真对待性别问题",地理学能够更好地理解和改进区域规划和城市规划方面的全面变化,这就需要对不同地区的不同性别建构进行多种评估，例如伦敦与工业化的英格兰北部之间的不同（1994:189）。

从某些意义上说，性别化空间的概念似乎只是一种老生常谈，因为显然有某些空间或场所类型通常与女性或男性相关，弗吉尼亚·伍尔芙在《一间自己的房间》（*A Room of One's Own*, 1929年首次出版）中特别提到了这一点。例如，家宅或家庭领域是女性空间，或者，工作场所或公共领域属于男子，这样的概念，即使并非总是得到研究或理论化，也早已为人们所了解。在《给女性恰当的位置：女性主义地理学家对世界的理解》（*Putting Women in Place: Feminist Geographers Make Sense of the World*, 2001）一书中，美国地理学家莫娜·多莫什（Mona Domosh）和琼尼·泽格（Joni Saeger）探讨并质疑了这些关于日常空间的常见假设。例如，她们指出，在维多利亚时代，餐厅常常被标记为男性的，部分原因是在节日期间餐厅是提供新鲜肉类的地方，从而将餐厅与男性主导的狩猎运动联系在一起；那时，餐厅往往以狩猎场景图或动物标本来装饰（2001: xix）。当然，其中一些联系可以用这种或那种形式的性别主义（sexism）或性别歧视来解释，但多莫什和泽格强调了空间、地方和性别之间的各种关系是极其复杂且具有微妙差别的。在坚持"空间是性别化的"（同上：xxi）同时，这些地理学家指出了一些通常不被承认的方面。这些是建筑环境的基础，并且积极地塑造了关于社会性别角色的假设。

在《女性主义与地理学：地理知识的局限性》（*Feminism*

and Geography: The Limits of Geographical Knowledge）一书中，罗斯探讨了"当代地理话语中的男性主义"，通过它，该学科领域区分了"他者"（the Other）并使之居于从属地位，这里的他者主要被理解为"女性（气质）"（the feminine）（Rose 1993: 9—10）。罗斯认为，男性（气概）（masculinity）的两种形式限制并主导着空间与地方的研究："社会科学的男性（气概）维护其权威的方式是，宣称进入了一个透明的现实地理世界"，这个世界继而"压制所有对他者的提及，目的是为了获得整体性知识"，而"审美层面的男性（气概）[……]通过声称对人类经验的高度敏感性来确立它的力量"，这使得这种形式能够承认"他者的存在，目的是为了建立一种深刻性，而只有它①才有权力谈论这种深刻性"（同上：10—11）。在罗斯看来，这种男性化的地理学，其认识论价值已显示出严重的局限性，因其忽视了女性和其他明显边缘化群体的观点和影响，或者说将这些观点和影响从属化了。

虽然罗斯的研究的关键力量在于，她揭示了她所参与的地理话语的不容置疑的、有时不可见的假设，但《女性主义与地理学》也指出了抵抗的策略。例如，她坚持认为，

---

① 这个"它"指（审美层面的）男性（气概）。塔利在此引用了《女性主义与地理学》中非连续的几个句子，其中多次使用"it""its"，所指稍有不同，但基本上指"男性（气概）"。这里的"男性（气概）"对应"masculinity"，既可指"男性"，又可以指"男性气概"，而塔利和罗斯在这一章对这个词的使用，基本上同时含有这两重意思，故统一译作"男性（气概）"。同理，将"the feminine"译成"女性（气质）"。——译者注

> 对当代城市不同空间的女性主义探索往往拒绝从一个完整的知识立场来寻求整体性。他/她们的工作更具试探性，更立足于日常生活的细节，更有可能从彻底异质性的角度来解读城市的社会生活和社会空间。
>
> （1993：133）

接着，罗斯讨论了"一种空间的可能性，这种空间不会复制对同者（the Same）和他者的排斥"（同上：137），她称其为"悖论空间"。这涉及一种"空间感，它拒绝宣称领地权，从而允许根本性差异的存在"（同上：150），而这些"悖论"包括对中心和边缘的同时占据，以及处于同者/他者的二分法（Same/Other dichotomy）之内，但也处在别处。正是通过一种"悖论的地理"，女性主义才能想象出"一种不同的空间，通过这种空间，差异得以被容忍，而不是被消除"（同上：155）。罗斯并没有声称悖论空间本质上是具有解放性的，但她认为，地理学领域必须承认"其知识的基础是不稳定的、不断变化的、不确定的，最重要的是，是有争议的"（同上：160）。

在这些有争议的空间中，有这样一些空间，其中的移动或动态性、或缺乏移动性，是最为引人注目的。亚历山德拉·冈塞（Alexandra Ganser）在《她自己的道路：美国女性道路叙事中的性别空间与流动性，1970—2000》（*Roads of Her Own: Gendered Space and Mobility in American Women's Road Narratives, 1970—2000*, 2009）一书中——其书名既是对伍尔芙《一间自己的房间》的戏仿，同时也是关于这本书的批评——批评了"作为物理空间和社会空间的道路的男性化",并认为"空间的文学表征是一种性别化的现象"(Rose 1993: 66)。冈塞把被认为是严格意义上的男性类型的场所看作女性主义文学情感的象征,并据此重新构想了这个空间,修改了其传统神话的内容——这些神话从沃尔特·惠特曼(Walt Whitman)或杰克·凯鲁亚克(Jack Kerouac)等男性作家那里获得其最重要的形象——因而现在还包括了离家出走者、被绑架者和女售货员等更为模棱两可的角色。冈塞在一定程度上借鉴了罗西·布雷多蒂(Rosi Braidotti)的著作,而后者的《游牧主体:当代女性主义理论中的体现和性别差异》(*Nomadic Subjects: Embodiment and Sexual Difference in Contemporary Feminist Theory*, 2011)又借鉴了德勒兹的著作。冈塞认为,"类游牧主义"(para-nomadism)[①],"一种由经济或政治需要(而不是流浪欲望或冒险精神)驱动的"流动性,是许多"女性道路叙事"(feminine road narratives)的重要特征,而这些变化改变了人们对旅行或"道路"的一般看法(2009: 34—35)。**游牧者(nomad)**并不总是一个解放的形象,但游牧主义可以破坏或改变一个特定地理秩序的空间组织。

游牧思想与地理哲学

吉尔·德勒兹的哲学话语中充斥着关于空间性意象(images of spatiality)的阐释:从他对空间性术语(如图表、平面、地

[①] 根据塔利的解释,此处的"类游牧主义"指的是,"类游牧者"(para-nomad)的确"是""游牧者",但"游牧"并非他们自己的选择,而是被迫进入游牧状态,如为了找工作而四处漂泊。

图、绘图、高原、逃逸线、**解域化与再辖域化**、**光滑与条纹化**空间）的执着使用，到他所坚持的理念——一切思考都必然与空间、领土和地球相关。在他与费利克斯·瓜塔利的合著以及其他著作中，德勒兹发展出一种"游牧学"，与此同时，出现了列斐伏尔关于空间生产的思想和福柯关于权力的空间性分析。德勒兹的"游牧思想"（nomad thought）来自他对哲学史的仔细阅读和思考，以及对西方文明中关于对权力和欲望的组织的深刻政治性批判。1953—1968年，德勒兹写了不少关于具体哲学家（戴维·休谟、弗里德里希·尼采、亨利·柏格森、伊曼纽尔·康德和巴鲁赫·斯宾诺莎）作品的著作，而一定程度上正是由于与这些思想家的神交，他发展出他后来所命名的"游牧思想"，这一命名借用了关于尼采的一篇文章的标题。在他的主要哲学著作中——他后来说这是用他"自己的声音"写成的，并且在他的"资本主义与精神分裂症"（*Capitalism and Schizophrenia*）丛书中，在他和瓜塔利合著的《反俄狄浦斯》（*Anti-Oedipus*，最初于1972年出版）和《千座高原》（最初于1980年出版）中，德勒兹描述并论证了游牧思想。

在这些哲学探索中，并通过这些探索，德勒兹区分了**"游牧者"**和**"国家"**（state）、**"国家哲学"**。对游牧者的界定是因为他们跨越并不断跨越边界，且因为他们在观念上拆毁边界本身；而对国家的界定则是根据定居型秩序、空间测量、对阶层与序列的切分，以及用于分配稳定地点的概念上的网格化。在对空间的占据、对边界的解构，以及对某一区域的跨越中，德勒兹的游牧者持续不断地绘制并再绘制地图,并改变着空间,即便当他们穿越这些空间时也是如此。在德勒兹的语言中,他们是解域化(deterritorialization)的力量,能在或大或小的程度上扰乱空间的度量性秩序(metric ordering),而这些秩序服从于国家的力量。

虽然"游牧学"这一章出现于《千座高原》(出版于1980年,英文译本于1987年出版)中,但德勒兹早在1968年就对游牧思想和国家哲学做出了区分。他在《差异与重复》(*Difference and Repetition*)中辨别出斯宾诺莎哲学中对各种存在要素的"游牧性分配"(nomadic distribution)。他将斯宾诺莎的存在概念(conception of Being)看作笛卡尔物质理论(Cartesian theory of substances)的对立面。物质理论如农业的或国家集权(statist)的模式,通过以下方式分配存在的要素:将这些要素切分成固定范畴,对领土划界,以边界圈定并区隔出不同领土。他指出,国家集权式或笛卡尔式的关于存在的分配,其根源在于设置所有权边界、确定稳定领土的农业性需求。此外,还有"一种完全不同的分配,必须称之为游牧原则,是游牧者的法则(a nomad *nomos*),无财产,非圈占,未测量",不是"对被分配物的分割,而是对在开放空间中自我分配者的划分——此开放空间是无限的,或者至少没有确切的边界"(Deleuze 1994: 36)。他由此提出,游牧空间与国家空间具有量的差异:"这是**光滑**(**smooth**)(矢量的、投影的、地志的)空间与**条纹**(**striated**)(度量的)空间之间的差异。对前者而言,'空间被占据却未被计算'；对后者而言，'对空间的计算是为了占领它'"（Deleuze and Guattari 1987: 361—362）。

在德勒兹和瓜塔利看来，海洋空间为这一区分提供了例证，因为"大海是光滑空间的极致，却也首当其冲遭遇到越来越严格的条纹化"（同上：479）。绘图在科技和艺术方面的发展一定程度上导致了这样的条纹化。例如，正如第二章对詹姆逊"关于绘图的题外话"的讨论，墨卡托投影在凹凸不平的地球表面建立起并强加以由经纬线构成的网格，而这或许是最明显的条纹化策略。大海的光滑空间变成了一个矩阵，在此绘制出在笛卡尔式的X轴和Y轴之间移动的航海图。然而，我们不能将德勒兹关于光滑空间和条纹空间的区分看成一种反绘图立场，也不该认为他反对为理解我们所在的地方或构成我们世界的空间关系所做出的认知努力。我们决不能将德勒兹的游牧空间与国家空间混同于简单化的解放空间与压迫空间，甚至不能与德·塞托的移动的行人和鸟瞰的权力之眼的区分混为一谈。其实，正如德勒兹和瓜塔利所言："光滑空间本身并不具有解放性。但在这个空间中，斗争会发生变化或被取代，生命会重新确立其核心利益，会面临新障碍，创造新速度，改变其对手。永远不要认为光滑空间足以拯救我们。"（同上：500）

在《德勒兹与空间》（*Deleuze and Space*）的导言中，伊恩·布坎南（Ian Buchanan）和格雷格·兰伯特（Gregg Lambert）解释了对光滑空间和条纹空间的不同组合/混合方式的分析如何需要德勒兹和瓜塔利发展出理解此类空间的不同模式。

然而，虽然存在着模式的差异，最基本的方式是绘图式的。布坎南和兰伯特写道："对混合于每个集合（社会的、政治的，也是地理的、生物的、经济的、美学的或音乐的等）中的不同类型空间的绘图，变成了他们［德勒兹和瓜塔利］定义为语用学或微观政治学的工程所设定的主要任务"（2005: 5）。面临表征危机及晚期资本主义或后现代性所产生的新空间，德勒兹和瓜塔利"着手绘制了一系列关于这些空间的地图，这种绘制乃语用学意义上的找到'通行的路'，或者以某种方式确定自己的方位（因为他们常常在分析中说：'如今我们处于一个更好的位置来绘制地图'），而康德早先将此定义为思考的根本任务"（同上：5—6）。

德勒兹的游牧学，尤其是他关于光滑空间的界定，为福柯关于全景敞视社会（panoptic society）和环形监狱——在这里，我们所有人都相当于处在同样的位置，都是边沁那可恨机器中的囚犯——的整体性、集权式（Orwellian）展望（通常认为这是福柯的观点，但在我看来，该观点也常常被误解）提供了有效的补充。实际上，福柯的展望并不比德勒兹更整体化，也没有更弱。当然，福柯并未承认有着置身权力和权力关系"之外"的可能，但这并不等同于被永久地压迫，因为权力关系变幻无常且有时可能逆转。福柯在《性史（第一卷）》（1978年译成英文；最初于1976年出版，书名为 *La Volonté de savoir*）中说得很明白，权力是生产性的，如毛细血管般遍布社会的躯体，而且不是财产，无法被获得或持有。毫无疑问，这种"生产性"权力可能生产出令人厌恶的事物，但权力也生产了我们、我们的社会关系、我们的知识和经验。就此意义而言，处于权力的流动之中，也就是置身于一种空间阵列，其中的远近、高低、中心和边缘，构成了我们社会意义上的"在世界中"。从这个角度看，权力，正如空间，不是被支配的，也不是沿着单一线性方向运动的。德勒兹的游牧思想提供了一种恰当的关于反抗的修辞，此类反抗并不外在于权力关系，而是在精致的、不断变化的空间关系网内部施加影响。

可以说，德勒兹是20世纪最具空间性的哲学家（见Buchanan and Lambert 2005），而且，他不仅频繁使用空间术语或空间性比喻，他还认为哲学根本上是空间性的。在他的一本晚期著作——再一次与瓜塔利合著，且用了个貌似简单的书名——《什么是哲学？》（*What Is Philosophy?*，1994）中，他清晰地提出了关于地理哲学的构思。对德勒兹而言，"地理哲学"这个术语不是指哲学的某个专业性分支，而是明确他关于哲学作为整体在根本上具有空间或地理特质的观点。正如德勒兹和瓜塔利所言："区分主体和客体远远不是思考。思考并不是在主、客体之间画线，也不是以一方围绕另一方。毋宁说，思考发生于领土和地球的关系之中。"（Deleuze and Guattari 1994: 85）

马克·邦塔（Mark Bonta）和约翰·普罗泰卫（John Protevi）在对这个话题的导读中认为，地理哲学是德勒兹（和瓜塔利）"试图将哲学重建为唯物的、世俗的、空间性的。他们寻求将哲学从对时间性和历史性的关注转向空间性和地理"（2004: 92）。通过地理哲学，德勒兹重申了空间性对思想的重要性，并使其成为哲学反思和概念创造的核心范畴。简言之，地理哲学与空间的诗学、空间的生产、对权力与知识的空间分析学，以及场所（sites）与抵抗运动概念，共同形成了地理批评的理论基础。

聚焦地理的批评方法

我对"地理批评"这个术语的使用，在本章或在其他地方，并非完全沿用法国文学批评家贝特朗·韦斯特法尔的著作，而且与他对该词的使用也并不完全相同（见Tally 2011），但他分析文学文本的地理批评方法（geocritical approach）为我们提供了一种引人入胜的考察空间、地方与文学关系的途径。在他那纲领性的，且带有实验意味的研究《地理批评：真实与虚构的空间》（*Geocriticism: Real and Fictional Spaces*, 2011）中，韦斯特法尔试图确立这一批评方法的背景和特征，同时又赋予地理批评开放性，保留了进一步阐释与研究的可能。韦斯特法尔极大地借鉴了德勒兹的哲学、哈维和苏贾的后现代地理学，还有大量小说家、批评家、科学家和历史学家的思想，并在此基础上提出，恰当的文学研究必须将空间和地理领域纳入考虑范围，而且，在后现代状况中，对空间性的思考已成为任何批评研究必不可少的部分。

韦斯特法尔提出了分析文学文本中不同空间实践之间相互作用的理论和方法，而他的阐述则借鉴了许多学科的内容和各种文化话语，包括建筑、城市研究、电影、哲学、社会学、后殖民理论、性别研究，当然还有地理学和文学批评。他认为地理批评方法必须坚决地坚持跨学科性,而他自己的研究则表明,他始终忠于这一理念。然而,韦斯特法尔也承认,地理批评在很大程度上必须利用文学文本的具体效果,而这也是文学理论应有的样子。当提及苏贾的"第三"空间,即文学常常向其开启独特景观的"真实并想象的"空间,他写道:

> 在理论中,每个空间都处在具有创新可能的十字路口。在研究中,我们常常返回到文学和模仿艺术,因为,在现实与虚构之间,文学和模仿艺术都知道如何挖掘出时空所隐藏的潜在可能性,同时又避免将它们变成停滞状态。不同模仿再现的交汇处所显露的时空就是地理批评意欲探索的第三空间。地理批评将致力于绘制各种可能世界的地图,创造复数的、相互矛盾的地图,因为它在空间的动态异质性中拥抱空间。
>
> (2011: 73)

这段文字内容广泛,与其讨论的话题正相称,因为地理批评寻求在多重意义上探索文学的空间。最初,韦斯特法尔勾勒出一幅关于各种理论的地形图,展示了现代主义、后现代主义如何从根本上改变思想家理解空间的方式,他们不再把空间视为稳定的或静止的范畴,而是视其为复杂的异质的现象。这种空间观念考虑了更为动态的或越界性运动。文学在其对空间的艰难表征中探究这些运动,而在这些表征中虚构与真实空间的界线被不断跨越。

韦斯特法尔认为，空时性、越界性（transgressivity）和指示性（referialality）这三类大范畴是地理批评实践的基础。

虽然韦斯特法尔对其地理批评做出了宽泛的界定，以便将若干以空间为导向的批评实践纳入其中，但他自己最独特的贡献似乎是他所提倡的"聚焦地理的"（geocentric）或"以地理为中心的"（geocentred）方法。他主张，地理批评应该避免传统的聚焦自我的（ego-centred）文学与空间研究方法，取而代之的是，聚焦于地理的核心本身。例如，韦斯特法尔的地理批评并不考察狄更斯在小说中表征伦敦的方式，而是从伦敦开始（鉴于这个大都会本身和关于它的各类表征都体量庞大，或许只是从伦敦的一小部分开始），接着阅读试图表征伦敦的各种文本。他坚持："地理批评不像大多数关于空间的文学研究方法［……］地理批评倾向于一种聚焦地理的方法。"（Westphal 2011: 112）这意味着事先确定一个特定的地方以供研究，如某处街坊、某座城市、某个地区，乃至某个国家，然后收集并阅读表征这个地方的文本。例如，韦斯特法尔与其合著者使用这一方法开展了关于"地中海"的研究，并且他还写出了关于旅游手册对桑给巴尔（Zanzibar）的表征的论著。按照这种方法，通过积累并分析广泛的、跨学科的文本总汇，可以建立起关于某个地方的某种文学地理学。

在关于地理批评方法论的讨论中，韦斯特法尔明确了地理批评者必须牢记于心的四种要素（同上：111—147）。第一，坚持"多重聚焦"（multifocalization）原则，即地理批评者应当采用多种视角，因为，为了建构文学空间的轮廓，为了文学空间的表征不受限于个人偏见或固定模式，多重观察角度是必要的。第二，地理批评者应当拥抱"多重感知"（polysensoriality），鉴于所考察的空间不仅仅是通过视觉感知的，而且通过气味和声音；正如保罗·罗达韦（Paul Rodaway）在《感官地理学：身体、感官和地方》（*Sensuous Geographies: Body, Sense, and Place*, 1994）中指出的，虽然视觉表达在地理学中占据主导地位，其他感官作为人类赋予地方意义的来源几乎同样重要。第三，韦斯特法尔主张，地理批评者必须拥有一种"地层学视野"（stratigraphic vision），将"处所"（topos）看作包含多层次意义，这些意义经历了解域化（deterritorialized）和再辖域化（reterritorialized）；只关注表层不足以理解地方，因为正如列斐伏尔在《空间的生产》中指出的，社会空间"以其全部形式出现［……］其结构更容易令人联想到千层糕，而不是同质的、各向同性的经典（欧几里得/笛卡尔）数学空间"（Lefebvre 1991: 86）。最后，地理批评者必须将"互文性"（intertextuality）置于研究的首位，应注意到，所有文本空间都必然包含文学和现实中的其他空间，或与这些空间"相接合"（interface），或以其他方式与它们相联系。由此，韦斯特法尔的地理批评方法力图使批评脱离自我中心主义（egocentrism）——无论就作家或读者而言——并力图将文学研究变成空间实践与其他实践之间的多形式互动。

韦斯特法尔努力回避个体作家对地方的描写，或自我中心式的地方研究中潜在的偏见，却在援用地理批评研究视角时，面临走向另一种形式的自我中心主义的危险。例如，谁来决定哪些文本应当被选作"阅读"一个地方的文献？即便选择是合著者或合作者集体做出的，个体研究者各自的视角仍然隐含在关于这个地方的整体现象学中。韦斯特法尔的多重聚焦立场（multifocal position）在于，采用越多视角，就越有可能创造一种多样化的、全面的、很可能是无偏见的空间与地方形象。然而，作为一个认知问题，就地理批评被用于认识地方而言，韦斯特法尔的聚焦地理的方法无法完全回避主体这一问题。

显然，韦斯特法尔所展望的这一特征很可能涉及一种广泛合作的研究，或准科学研究，这有点像前一章所讨论的弗朗科·莫瑞迪的"粗读"工程。任何意欲表征某个特定地方的有意义的文本总汇，就像莫瑞迪试图将小说看作成千上万小说文本中的一种形式，都需要任何个人都无法读完的海量资料，而任何缩小范围或是减少文本的做法都会导致这样一种可能：这位地理批评者忽略了关于该地方的某种关键元素，而这个地方正是研究的对象。实际上，韦斯特法尔认识到，要确定有用的文献总汇很可能需要围绕空间标准建立的新数据库："若要弄明白安德烈·纪德（André Gide）在书中表征的真实地方是怎样的，读一本优秀的专著足矣。然而，想要汇集记录着围绕刚果、乍得（Chad）或梵蒂冈的行为的各种文本，却更难"（Westphal 2011: 117）。除了与这些地方相关的无数文学作品，韦斯特法尔认为，像旅游手册或广告等看似属于非文学的文本，也适用于地理批评的分析。

韦斯特法尔对宏大叙事（grand narratives）的后现代批判很大程度上排除了对绝对包含性（absolute inclusiveness）的需要。考虑到地理批评方法能获得种类繁多的资料，他的这一做法或许很方便。

还需明确的是，本书对地理批评的理解不同于韦斯特法尔的聚焦地理的批评方法。本书自始至终都试图表明，文学和文化研究的空间转向为批评探索开启了新空间，我们在此能看到作者如何绘制他们的世界，读者如何应对此类文学地图。地理批评涵盖面很广，提供了与文学相关的批评理论和空间实践①，而韦斯特法尔的聚焦地理的方法涉及面较窄，无法囊括空间表征的全部领域：从陀思妥耶夫斯基的"真实的"圣彼得堡或福克纳的"虚构的"约克纳帕塔法县（Yoknapatawpha County）到托尔金的"奇幻的"中土世界（Middle-earth），以及更多空间，这些也为地理批评提供了重要场所。

而这，在一定程度上解释了为何地理批评——广义而言，既包括对文学领域空间表征的解读，也包括对多发生于物理学或社会科学中的空间描绘的分析——正当其时。更重要的是，越来越多的对"空间性"概念的新界定——通过我们理解自己所在世界的方式和实践——已经清楚地显示，如今，绘图是对我们的"在

---

① 后来，塔利修正了自己的理论体系，认为"地理批评"主要指关于作家"文学绘图"工程的阅读，即与文学相关的批评实践；而与文学相关的批评理论则属于"制图学"。塔利通过十几年的深耕，建立了由处所意识（topophrenia）、文学绘图、文学地理、地理批评、制图学（存在—写作—文本—批评—理论化）构成的理论体系，具体可参考方英：《文学绘图：文学空间研究与叙事学的重叠地带》，《外国文学研究》，2020年第2期，第39—51页。——译者注

世"获得具体理解的关键。正如詹姆逊所言:"如今,一切思考,也是——不论还是别的什么——试图对世界体系做出思考"(Jameson 1992a: 4),而思考必然涉及对空间性的考虑。

正如我们所见,对空间性的考虑不必局限于表征"真实"世界,或创造更具模仿性的或更准确的地图。诗人和作家帮助我们理解世界,但他们并不局限于对世界的现实主义描绘。同理,如果批评家的任务是帮助我们理解我们理解世界的方式——正如弗兰克·克莫德所揭示的(1967: 3)——那么地理批评家或聚焦空间的理论家也必然希望超越日常经验的常见领域。韦斯特法尔在《地理批评》的结语中也赞同这一观点:

> 当文学研究开始寻求超出文学世界并通往多种相关"现实"的道路时,我认为,地理批评,就研究指示空间(referential space)的文学分层而言,能发挥重要作用,因为地理批评的工作场所在"真实"地理和"想象"地理之间……这两种地理学颇为相似,都能通向其他地理学,而这些都是批评家应当努力发展并探索的。
>
> (2011: 170)

当我们试图对我们自己的世界中的空间和地方做出批判性思考时,我们常常受到激发,开始想象某些其他世界的空间(other spaces)。

结语　他性空间[①]

整本书主要关注的是对真实空间的文学绘图，或者——再提一次爱德华·苏贾空间性理论中空间类型的三分法——对真实空间、想象空间和真实并想象的空间的绘图。然而，所有这些，或多或少仍处于现实主义的标识之下，因为即使是虚构或想象的地方，也被理解为表征了我们现实世界中的个人空间和社会空间。然而，此结语拟考察一些他性空间，这些空间并非总是与模仿、现实主义或现实世界相关，但对文学绘图和文学地理也有着深远的影响。尤其是，这些地方和空间以奇幻模式呈现，其构思宏阔，涵盖了如乌托邦文学、科幻小说和奇幻故事等特殊文类。然而，这种区分是相当不稳定的、振荡的、容易被逆转的，因为最奇幻的文学作品也可能有明确的"现实世界"的效果，而最现实的作品往往能够掩盖日常现象背后的虚假或误导性事实。幻想对于思考世界的真实空间可能更为有用。英国奇幻作家和理论家柴纳·米耶维（China Miéville）指出，

[①] 此处的"他性空间"对应原文的"other spaces"，强调这些空间的"他性"（otherness）。——译者注

在一部奇幻性文化作品中,艺术家假装已知不可能的事情不仅是可能的,而且是真实的,这就创造了重新定义——或假装重新定义——不可能世界的精神空间。这是头脑的戏法,改变了"非真实"的范畴。牢记马克思的观点:在人类与世界互动的生产活动中,真实和非真实不断交互参照,并且改变非真实,这些能使人们以不同方式思考真实、其可能性及其现状。

(2002: 45—46)

我认为,阅读所谓的"他性世界文学"(otherworldly literature),我们对我们的"真实"世界也就有了更清晰的认识。

凯瑟琳·休姆(Kathryn Hume)在她令人印象深刻的研究《幻想与模仿:西方文学中对现实的回应》(*Fantasy and Mimesis: Responses to Reality in Western Literature*)中向我们阐明,幻想和模仿或现实模式"被视为文学创作背后的双重冲动,这种看法似乎是最为有效的"(1984:195)。这不仅仅是在如实地表征现实和创造一个完全不真实的世界之间的一种划分。毕竟,即便是最现实的小说也描绘了一个想象的世界,正如翁贝尔托·艾科在《福柯的钟摆》中精心绘制,但根本而言是虚构的巴黎那样。即使是最荒诞的奇幻世界,也会有一些可识别的元素,乃读者经验的一部分。毫无疑问,读者可以在虚构、奇异的空间和日常世界的元素之间建立生动的联系。托尔金是现代奇幻形式的创始人,他在给儿子的一封信中指出——当时是第二次世界大战，他儿子正为英国皇家空军服役，与德国人作战——邪恶的妖精族、兽人"和'现实主义'小说中的任何东西一样，都是一种真实的创造［……］当然，只有在现实生活中，它们才是在敌我双方阵营中的"（Carpenter 2000: 82）。因此，模仿和幻想的重叠领域特别适合于展开对绘图和空间性的思考，因为最实用或最有用的地图根本而言是对所谓真实空间的虚构性或比喻性表征。

当然，在以奇幻模式书写或阅读的文学作品中，绘图可谓如鱼得水，而且许多奇幻故事或科幻作品都包含了实际的地图。托尔金的《霍比特人》（*The Hobbit*）不仅有作者手工绘制的地图，而且该地图本身就是情节的一个基本元素，因而这部作品可被看作这方面的开创性奇幻小说之一。事实上，在一部奇幻作品的世界"内部"，读者被鼓励将这些空间想象成高度真实的。正如托尔金在别处所说："奇幻作品建立在一种艰难的认识之上，即自从这个世界被创造出来，事物在这里就是这样的；其建立在对事实的承认上，而不是做事实的奴隶。"（2001: 55）换言之，奇幻模式下的文学绘图或文学地理，都是从现实主义的某些方面解放出来的，但如果完全脱离读者所居住的现实世界，它们就不可能发挥有效的作用。这就能得出这样的结论：奇幻的彻底他性（alterity）类似于绘图冲动的想象性投射，这反映在托马斯·品钦的小说《拍卖第四十九批》中奥迪珀·马斯的急切思考中："我应该投射出一个世界吗？"

地图和地图声称表征的领土是难以分离的。这一问题在奇幻故事或科幻小说中变得更加难解。在这些作品中，指称的基本假设或对怀疑的自愿悬置并非总是成立。正如我们在康拉德《黑暗之心》中的地图中所看到的,在日常生活的世界里,没有人真正认为地图除了在其表面描绘出的空间外,还能表征其他任何东西。但奇幻作品被允许随意运用常识。例如,在刘易斯·卡罗尔(Lewis Carroll)讲述的塞尔维和布鲁诺的欢快离奇的故事中,两位主人公遇到了一个外国人,他解释了自己国家的制图员在制图艺术和制图科学方面取得的巨大进步:

"口袋地图是多么有用的东西啊!"我说。

"这是我们从你们国家学到的另一件事,"米恩·赫尔说,"地图制作。但我们比你们走得更远。你认为最大的真正有用的地图是什么样子?"

"比例尺大约为六英寸比一英里。"

"只有六英寸!"米恩·赫尔惊叫道,"我们很快就到了六码比一英里。然后我们尝试了一百码比一英里。然后有了一个最伟大的想法!我们实际上绘制了一张国家地图,比例尺是一英里比一英里!"

"你们经常用吗?"我询问。

"它从来没有摊开过,"米恩·赫尔说,"农民们反对:他们说它将覆盖整个国家,并且会阻挡阳光。因此,我们现在把这个国家本身当作它自己的地图。我向你们保证,它的效果几乎一样好。"

(1893: 169)

卡罗尔荒谬的地图绘制者显然在豪尔赫·路易斯·博尔赫斯（Jorge Luis Borges, 1899—1986）杜撰的帝国制图员那里找到了追随者，他们"绘制了一幅帝国地图，地图的面积相当于帝国的大小，地图上的每一点都与帝国分毫不差"（1999: 325）。显然，所有读者都会同意英国奇幻作家尼尔·盖曼（Neil Gaiman）对这一问题的看法，他认为这样的地图"将是完全准确和完全无用的"（2006: xix—xx）。原因很明显，被绘制的对象与本应按比例表征其轮廓的地图是一致的。然而，盖曼补充了一个重要注意事项，这与任何"文学"地理学的讨论都有关："讲故事是描述这个故事的最佳方式［……］故事就是地图，地图就是领土"（同上）。在这个意义上，卡罗尔或博尔赫斯的荒谬而细致的地图绘制者们正从事着一项文学实践，即创造一个事实上与现实世界完全吻合的以现实世界为参照对象的想象世界。我们还可以补充说，这也适用于那些自称"现实主义"的小说，在这些小说中，世界地图是以对帝国的忠诚来表征的，正如康拉德小说中的地图那样。

正如我们在第二章所看到的，法国历史学家弗朗索瓦·阿尔托指出，勘测者作为地图绘制者，在很大程度上也是"吟咏者"，即史诗的歌唱者，但在词源学意义上也是"编织者"；因此，讲故事把不同线索、补丁、图像和叙事缝制在一起，创造出某种东西，尽管严格来讲，它是一种重写本（palimpsest）或缝合而成的整体，但其本身就是创新。盖曼关于那幅地图"完全准确并完全无用"的戏谑之语，变成了对神话和空间性在我们生活中的作用的一种反讽。从亚里士多德的《诗学》(*Poetics*)开始,诗人区别于其他人的不是诗人使用韵文(verse)而非散文(prose),也不是其记叙事实而非虚构;相反,正如亚里士多德所说:"诗人是情节的创造者。"亚里士多德用来表示"情节"的词是"神话"(*mythos*),而或许并非偶然的是,这个神话或情节也是一张地图,一种用地图标出路线的手段。神话帮助我们看到领地,我们在探索它的过程中绘制它的地图,反之亦然。因此,神话绘图或奇幻绘图把一个既出奇地熟悉又完全新颖的世界编织在一起,把古老的神话和新得令人惊奇的神话结合在一起,创造了一个也属于我们自己世界的世界。

或许不该忘记的是,地图绘制中也有意识形态的因素,这一点在康拉德的《黑暗之心》和其他人的书中都得到了明显体现。例如,在布赖恩·弗里尔(Brian Friel)的《翻译》(*Translations*)中,19世纪英国人绘制的爱尔兰地图为我们提供了思考神话与现实融合的机会,因为当地的本土文化被局外人(outsiders)的大量语言行为——翻译和重新命名——改变了。这涉及用一种低劣的"英语"取代本地居民可引经据典的丰富的国际文化。虽然对话以英语进行,但观众却会想象原居民说的是爱尔兰语或盖尔语。这部戏剧的大部分情节涉及不同文化之间显然不可避免的误解和误译,而实际的勘测员和制图员的出现表明了这种文化冲突与空间关系和地理关系必然是紧密相连的。奇幻或神话与真实和历史的重合也不是偶然的,正如剧中人物对

《埃涅阿斯纪》（*Aeneid*）[①]——一个关于文化破坏和更新的故事——的重读引发了观众许多思考。

尽管它们之间有许多地方重合，奇幻文本并不具有与更现实的文本完全相同的功能。现实主义至少坚持作者和读者共同的约定，其中一个基本共识是关于日常空间的参照。回到在《福柯的钟摆》中第三章出现的艾科所描述的巴黎，尽管任何熟悉巴黎实际发生事件的人可能会好奇，为什么卡索邦没有提到他虚构的沿着圣马丁街漫步的那个夜晚发生在"真实"社区的那场大火，他们肯定仍然能够识别城市本身的总体轮廓。如果读者很诧异为什么卡索邦没有提到时代广场的灯光或大本钟的景象，我们就会知道读者是疯了（或者，至少比艾科认为的更疯狂）。相反，必须承认的是奇幻读者和作者所达成的君子协定，即只要该文类的形式规则得到遵守，就允许不可能的事情发生。现实主义小说，即使偶尔描绘非现实的人物或事件，往往都保持着参照的基础。

然而，在某些方面，奇幻空间并不一定或根本不会与任何真实的地方完全吻合。例如，若回到现代小说中最著名的奇幻世界之一，托尔金的中土世界，很明显，关于这个想象空间的绘图——无论是托尔金叙事的虚构性绘图，还是他为《霍比特人》和《指环王》亲自绘制地图的行为——对情节而言是至关重要的。《霍比特人》中的冒险故事和整体幻想是通过对想象中的地方进行地理勘测建立起来的。但是，正如汤姆·希比（Tom Shippey）指出的，小说中的大部分地名实际上只是描述（2003：

[①] 又译作《伊尼特》或《伊尼德》，作者是古罗马的维吉尔。——译者注

71）。因此，"孤山"（the Lonely Mountain）是从周围相对平坦的土地上隆起的一座山，"雾山"（the Misty Mountains）笼罩在薄雾中，"幽暗密林"（Mirkwood）是一片相当阴暗的森林，"瑞文戴尔"（Rivendell）坐落在有河流经过的山谷中，"霍比屯"（Hobbiton）是霍比特人居住的小镇。甚至主人公的家庭住址——"袋底洞"（Bag End）——本身也是一个笑话，托尔金在此直译了听起来更时髦的法语单词"死胡同"（cul-de-sac），从而嘲讽那些喜欢把未翻译的称呼作为他们文化优越性标志的爱德华七世时代的资产阶级。《霍比特人》中的类属性地名表明，它的叙述不是发生在一个特定的、可识别的地方，而是发生在某种类属性空间里，了解它的读者能够认出它。当然，随着《指环王》——据称与上一部书保持着相同的故事背景——的广阔历史和地理一道变得清晰的是，托尔金随后为他想象中的"他性世界"添加了大量历史和地理细节，使得这些地方不仅有专有名称，而且在不同种族和不同时代有不同语言的名称。在托尔金笔下的中土世界的有限空间中，想象的地方和许多"真实"的地方一样，拥有几乎同样的真实感，就像在历史传奇或中世纪文学中所能看到的那样。对于托尔金来说，正如对于其他许多奇幻作家一样，小说世界因其空间、历史、语言和居民而达到的完整和圆满，这是至关重要的。

或许正因为如此，一些批评家对作为一种文类的奇幻故事的轻浮或逃避主义持谨慎态度，他们更倾向于科幻小说或乌托邦小说中更直接可用的形象，后者被视为读者所经验的"真实"世界的修正版。乌托邦既是制图学的谜团，也是一个历史目标，因为它指的是一个不存在的地方，并且想必也是一个值得欲求的好地方：例如，托马斯·莫尔最初的文字游戏，即他对笔下的奇异小岛的命名，同时表达了"不存在的地方"（ou-topos）和"好地方"（eu-topos）这两重意思。正如奥斯卡·王尔德（Oscar Wilde）所言："一张不包括乌托邦的世界地图甚至不值得一看，因为它忽略了一个人类一直想要登陆的国家［……］进步就是实现乌托邦。"（2001: 241）乌托邦文学体现了对未来或其他地方的美好希望，但它通常也包括对"此时此地"的尖锐批判，正如塞缪尔·巴特勒（Samuel Butler）谜一般的命名埃瑞璜（Erewhon）①，"无处"（nowhere）也是"此时此地"（now-here），这就像德勒兹和瓜塔利所观察到的那样（Deleuze and Guattari 1994: 100）。

到了20世纪中叶，彻底政治性的乌托邦话语已经被它的失败所破坏，以至于大多数关于"乌托邦"的讨论都把"乌托邦"这个词与不切实际的希望联系在一起，这种希望可以立即被转换成"反乌托邦"（dystopia）②，这能在乔治·奥威尔（George Orwell）的《一九八四》（*Nineteen-Eighty-Four*）或阿道司·赫

---

① 又译为《乌有之乡》。塞缪尔·巴特勒将英文单词"nowhere"倒过来拼写成其作品《埃瑞璜》（Erewhon）中的一个地名。——译者注

② 又译为"敌托邦"。——译者注

胥黎（Aldous Huxley）的《美丽新世界》（*Brave New World*）等作品中找到。奥威尔笔下的极权主义噩梦，或赫胥黎在小说标题中对莎士比亚一部作品的极为反讽的引用——最近的批评对这部莎剧①提出了质疑——这些都代表了对启蒙运动的科学和政治"进步"主张的相当保守的回应。尽管有这些负面的例子，理论上的乌托邦冲动使得对现状的批判成为可能，至少对于厄休拉·勒古恩（Ursula Le Guin, 1929—2018）这样的亲乌托邦（pro-utopian）小说家或德裔美籍哲学家赫伯特·马尔库塞这样的思想家来说是如此。马尔库塞认为，审美领域，尤其是想象的力量，使得对目前的制度提出激进替代方案的希望成为可能，而且，虚构可以帮助揭示并创造面向未来的自由新空间。他论述道，

> 想象的真理价值不仅与过去有关，而且与未来有关：它所召唤的自由和幸福的形式需要传递历史的"现实"。它拒绝将现实原则对自由和幸福的限制当作最终结果，拒绝忘记什么是"可能的"。这就是幻想的批判功能。
>
> （1966: 148—149）

但是马尔库塞补充说："这个观点只有用艺术的语言来阐述才不会受到惩罚。在更为现实的政治理论甚至哲学领域，它几乎被普遍诽谤为乌托邦。"（同上：150）对马尔库塞来说，文学或更

---

① 指莎士比亚的《暴风雨》，"brave new world"出自该剧人物之口。——译者注

广泛而言的艺术，可以为寻找现状的替代物提供想象的空间。在这种观点中，地图并不是对现有空间的严格模仿性表征，而是想象性地投射出可以用于人们生活的空间。但这毕竟是地图所提供的，即便是明显现实主义的地图；从某种意义上说，地图上的图形空间已经是乌托邦式的了。

詹姆逊的"认知绘图"概念与他自己对叙事和乌托邦的观点密切相关，他认为乌托邦是一种尝试，"试图思考一个宏大的系统，该系统大到无法被人类通常用来定位自己的自然范畴或随历史发展而来的感知范畴所包含"（Jameson 1992a: 2）。詹姆逊通过对科幻小说的讨论阐述了他自己的乌托邦主义，他特别将科幻小说与空间性联系在一起（如Jameson 2005: 312—313）。的确，科幻小说、乌托邦或奇幻故事使我们能够以新的方式来看待我们自己世界的空间，同时也可以想象出完全不同的空间。在这方面，他性世界文学以及与之相关的文学制图学、文学地理学或地理批评，都是有价值的。正如柴纳·米耶维所说："奇幻的［……］是很好的思考方式。"（Miéville 2002: 46）

正如第一章中指出且贯穿于整本书的，观看方式本身是历史的，而这些历史上不同的方式和解释，既是想象世界的新方法的产物，也是其创造者。正如塞缪尔·埃杰顿所描述的那样，文艺复兴时期艺术和建筑中线性透视的出现使得这些领域的新发展成为可能，并使得后牛顿物理学、太空旅行和原子能领域的最终进步成为可能。然而，埃杰顿所发现的"消失点"（vanishing point）①也揭示了另一种视角：

> 当然，在未来的某个世纪，当艺术家们在整个宇宙旅行时，他们将遇到并努力描绘无法理解的经历，更不必说用一种突然过时的线性透视来呈现了。这也会变得很"天真"，因为他们在永恒的、永远非终极的追求中发现了视觉感知的新维度，以便通过图片制作艺术来展示真相。
>
> （1976: 165）

这种新观察方式呈现出一种恰当的奇幻或科幻图景，该方法也适用于新的叙述方式，而未来的文学绘图无疑将涉及以迄今无法预见的方式来理解我们所遇到的世界，以及仅存在于人类想象中的世界。

---

① 消失点：在线性透视中，凡是平行的（数条）直线都消失于远处的同一个点，这个点被称为"消失点"。塔利引用埃杰顿的这段话想要表达的是，就像当初线性透视法和消失点的发现（埃杰顿的发现）带来了人们观看世界的新方式，未来的类似发现也必将改变人们观看（和理解）世界的方式。——译者注

术语表

寓言（allegory）：寓言依然保留着"以此故事喻彼故事"的一般含义。但在空间性研究中，就地图乃另一空间之表征而言，寓言或许与地图这个比喻相关，因而地图往往也是寓言性的。然而，文学绘图（literary cartography）的寓言性质似乎还表现在另一个层面，即其对虚构世界的再现变成了对所指"真实"世界的绘图（mapping）。当然，正如何塞·拉瓦萨（José Rabasa）等人指出的，实际的地图本身也包含大量寓言，这不仅表现在那些看似点缀性的插图上，还表现在制图的各种惯例上，如比例尺、强调的内容、包含与排除的原则等。

时空体（chronotope）：时空体的字面意思是"时空"（time-space），这一概念由米哈伊尔·巴赫金（Mikhail Bakhtin）提出，以便更清晰地理解文学中历史性时间与地理性空间的关系。"在文学艺术的时空体中，时间与空间标志融合在一个精心构思的具体整体中。在某种程度上，时间变厚了，长出了肌肉，变成艺术上可见的东西；同样，空间变得充实了，对时间、情节和历史的运动做出反应。"（Bakhtin 1981: 84）在巴赫金看来，历史上的文学体裁各有其适合的时空体，如希腊小说中的时空体，但时空体也可能指文学中出现的某一特定类别的历史空间（如道路）。

认知绘图（cognitive mapping）：弗雷德里克·詹姆逊（Fredric Jameson）在后现代性理论中提出的概念。受到凯文·林奇（Kevin Lynch）对城市"可意象性"（imageability）研究和路易·阿尔都塞（Louis Althusser）"意识形态"理论的启发，他将"认知绘图"看作一种"重新把握地方感的实践"（1991: 51），认为这一实践能使主体确定自身的位置，并在后现代世界体系中表征"看似无法表征的"社会整体性。

中心、边缘、半边缘（core, periphery, semiperiphery）：伊曼纽尔·沃勒斯坦（Immanuel Wallerstein）在《现代世界体系》（*The Modern World System*）中写道："世界经济体已被分成中心地区和边缘地区"（1974: 349），而半边缘地区或半边缘国家则兼有中心与边缘的特点。例如，在19世纪，英国和法国是中心地区，它们在亚、非两洲的遥远殖民地是边缘地区，而德国、美国这样的地方则是半边缘地区。

启蒙（enlightenment）：根据伊曼纽尔·康德（Immanuel Kant）的观点，"启蒙是人类从自我规定的不成熟中崛起"（1963: 3；译文有改动）。在康德看来，那个时代受到启蒙的思考者已经长大成年，能对自己的知识负责，而不是让别人——如中世纪教堂——来指导和控制自己的思考。据此观点，这一启蒙视角令现代科学和哲学成为可能。与此形成对照的是，"后现代状况"——如让-弗朗索瓦·利奥塔（Jean-François Lyotard）所描述——的特征在于对启蒙主义"宏大叙事"（grand narratives）的怀疑和拒绝。

贝海姆地球仪（Erdapfel）：这个"地球苹果"（earth-apple）由马丁·贝海姆（Martin Behaim）于1492年制造，被认为是世界上第一个地球仪，这标志着地图绘制历史的一大进步。

存在主义（existentialism）：一种涵盖面广、影响深远的20世纪哲学或理论，主要与马丁·海德格尔（Martin Heidegger）、让-保罗·萨特（Jean-Paul Sartre）等理论家相关，其理论前提是"存在先于本质"。

地理空间（geospace）：巴巴拉·皮亚蒂（Barbara Piatti）使用的一个术语，指所谓"真实世界"的实际参照空间，不同于空间感知（perceptions）或空间表征（representations），也不同于想象的空间。

可意象性（imageability）：在凯文·林奇的《城市意象》（*The Image of the City*, 1960）中，可意象性指某个特定社会空间——如某个城市——在居民头脑中形成持久印象的能力。也就是说，当人们居住或活动于某个空间，他们多大程度上能在头脑中对该地方形成有用的意象。

行程（itinerary）：米歇尔·德·塞托（Michel de Certeau）用行程区别于地图。行程指的是个人在特定空间中的移动，如行人在城市街道的行走；而地图则预先假设了一种层级性、全景敞视性的概览。

线性透视（linear perspective）：在艺术创作中，按照眼睛看到的样子在平面上对形象的再现。艺术与建筑中的线性透视出现于中世纪晚期和文艺复兴时期。伦纳德·戈尔茨坦（Leonard

Goldstein）认为，这是"资本主义在某一特定发展阶段所特有的再现模式"（1988：135）。伴随着空间的同质化和数量化，线性透视预先假设了一个观察者，所再现的形象是从这位观察者的角度看到的。

古世界地图（*mappamundi*）：这个词来自拉丁语，意思是"世界的地图"，可指中世纪欧洲诸多地图（包括T-O 地图）中的任何一种。这些地图都试图再现整个世界。在航海中，这些地图不如"波托兰航海图"（portolan chart）实用，也较少被使用，但会被用作教学工具或象征性手段，来呈现古代的或宗教的世界观。

墨卡托投影（Mercator projection）：这是制图学家杰拉杜斯·墨卡托（Gerardus Mercator）设计的数学方法，被用于许多著名的世界地图中。墨卡托投影解决了在平面上再现（由水陆构成的）地球曲线空间的难题，但却臭名昭著地对某些地方做了变形处理（如将格陵兰岛绘制得接近南美洲的面积，虽然其实际面积只有南美洲的六分之一）。这些地图在航海中用处很大，因为使用直线规划航线更容易。然而，正如马克·蒙莫尼尔（Mark Monmonier）指出的，使用墨卡托投影的地图之所以受到青睐，有时候正是因为这些变形处理所蕴含的意识形态价值："英国人尤其喜爱墨卡托［投影］讨好大英帝国的方式——让零度经线穿过格林尼治，以及澳大利亚、加拿大、南非等遥远而辽阔的著名殖民地。"（1991：96）

模仿（mimesis）：对现实的再现，特别指"现实主义的"模仿,与奇异怪诞的想象相对立。正如埃里希·奥尔巴赫(Erich Auerbach)在其《模仿论》(*Mimesis*)中所论证的,西方文学中有着各种再现现实的传统。

游牧者/国家(nomad/state):吉尔·德勒兹(Gilles Deleuze)所做的著名区分,用以描述两种不同类型的空间和探究空间的不同方式。在《差异与重复》(*Difference and Repetition*)中,德勒兹区分了笛卡尔物质理论(Cartesian theory of substances)与另一种分配原则的差异。前者如农业的或国家集权(statist)的模式,通过以下方式分配存在的要素:将这些要素切分为固定范畴,对领土划界,以边界圈定并区隔出不同领土。后者是"一种完全不同的分配,必须称之为游牧原则,是游牧者的法则(a nomad *nomos*),无财产,非圈占,未测量",不是"对被分配物的分割,而是对在开放空间中自我分配者的划分——此开放空间是无限的,或者至少没有确切的边界"(1994: 36)。德勒兹继而提出,与游牧者和国家相联系的,是两种全然相异的空间(见**"光滑空间/条纹空间"**)。游牧者/国家的区分还构成了德勒兹哲学史观的基础:卢克莱修、斯宾诺莎、尼采等"游牧型思想家"与笛卡尔、康德等"国家型思想家"属于两种对立的类型。

地环(*orbis terrarum*):"地环"指陆地上的世界,在中世纪T-O地图上是一个圆圈,一条水平直线贯穿圆圈中间,一条垂直直线贯穿圆圈的下半部分,形成字母T的形状,并由此将世界分成三大洲——亚洲、欧洲和非洲。同其他中世纪地图一样,由于地图的朝向是东方，亚洲在该图的上方，耶路撒冷代表着T那根横线的中间点，因而也代表着世界的中心。

朝向（orientation）：就字面意思而言，"orientation"指的是"面向东方"。这与中世纪欧洲地图相关，这些地图将"圣地"（the Holy Land）——更确切地说是耶路撒冷——当作主要参照点。后来，这个词逐渐表示"确定方位"或"弄清自己所在的地方与其他地方之间的关系"。

全景敞视监狱/圆形监狱（panopticon）：这是杰里米·边沁（Jeremy Bentham）在1791年的著作《全景敞视监狱》（Panopticon）中提出的监狱模型。这个名称含有"看见全部"之意，其建造原理体现在位于中央的岗楼上，从此处可观察环绕岗楼的所有囚室。由此，可随时监督囚犯，而且囚犯也知道自己处于不间断的监控之中。米歇尔·福柯（Michel Foucault）在《规训与惩罚》（Discipline and Punish）中将全景敞视原理看作"对城市乌托邦式的完美管理"（1977: 198），以及对身体和空间的现代社会化组织模式。

波托兰航海图（portolan chart）：在地图绘制历史上，波托兰航海图出现于13世纪的意大利。该图极其精确地呈现出海岸线和港口的地形地貌，因此大大方便了航海与旅行。

吟咏诗人（rhapsode）：在古希腊、古罗马时期，"吟咏诗人"指的是吟唱史诗的人，例如那些吟唱《伊利亚特》和《奥德赛》的人。正如法国历史学家弗朗索瓦·阿尔托（François Hartog）指出的，该词的词源有"编织者"之意，故事吟唱者被想象成将史诗或叙事的各个部分缝制在一起的人。此外，作为吟咏者或编织者，故事叙述者确实将我们生活的"已知世界"（the oikoumene）的各个不同部分编织在一起，将相距遥远的不同地方纳入一个可识别的整体。由此，吟咏诗人或故事叙述者变成了文学绘图者，他们对世界中的空间展开勘测，建立内部联系，并为读者重新呈现这些空间。

光滑空间/条纹空间（smooth/striated）：在吉尔·德勒兹的空间哲学中，这两个词代表着两种不同空间，分别与游牧者和国家相关（见**"游牧者/国家"**）。德勒兹认为，游牧空间与国家空间具有量的差异："这是光滑（矢量的、投影的、地志的）空间与条纹（度量的）空间之间的差异：对前者而言，'空间被占据却未被计算'，对后者而言，'对空间的计算是为了占领它'。"（Deleuze and Guattari 1987: 361—362）

空间形式（spatial form）：约瑟夫·弗兰克（Joseph Frank）在其著名论文《现代文学中的空间形式》（"Spatial Form in Modern Literature"，收入1991年论文集）中提出这个概念，指的是现代（或后现代）文学作品的形式特征所显示的空间性，用于区别或补充叙事的时间性。例如，通过并置（juxtaposition）或来回切断而建立起事件之间的共时性，叙事或许可以逃离其时间进程并绘制其空间性。弗兰克认为，像詹姆斯·乔伊斯的《尤利西斯》这样的现代主义小说，要求读者在脑海中投射出画面——类似于地图——以便理解该叙事作品。

空间转向（spatial turn）：约从20世纪60年代以来，对文学文化研究、社会理论、哲学和其他学科领域中的空间、地方和绘图等问题的日益关注。丹尼斯·科斯格罗夫、弗雷德里克·詹姆逊、戴维·哈维、爱德华·苏贾等人对空间转向做出了分析，并推动了其发展。

地方的精神（spirit of place）：又称为"地方的精灵"（*genius loci*）。这个词最初指的是某个地方的守护精灵。劳伦斯（D. H. Lawrence）将此看作理解地方文学或民族文学的特定地理与文化特征的方式（1961: 5—6）。

态度与参照结构（structures of attitude and reference）：爱德华·萨义德（Edward Said）在《文化与帝国主义》（*Culture and Imperialism,* 1993: 62）中使用的概念。此概念借用并拓展了威廉斯的"情感结构"（下文），揭示了不同作者如何在作品中融入——有时是无意识地融入——帝国的影响。

情感结构（structures of feeling）：雷蒙·威廉斯（Raymond Williams）用来指称某些特定意义和价值的术语——如果这些"意义和价值得到积极的体验和感受，或者如果它们与形式的或系统化的信仰之间的关系在实践中是可变的（包括历史性变化）"（1977: 132）。这是威廉斯对英国文学中乡村和城市研究的重要概念，虽然后来他承认这个概念的意义太含混了。

T-O 地图（T-and-O Map）：见"地环"。

第三空间（Thirdspace）：爱德华·苏贾用此术语定义一个"真实并想象的"（real-and-imagined）混合空间。在此，"第一空间"（Firstspace）指"真实的"物质世界，"第二空间"

（Secondspace）指对空间的"想象性"再现（Soja 1996: 6）。

场所分析（topoanalysis）：对地方的分析，尤其是那些使个体主体成为其所是的亲密场所，也是令主体的想象产生最强烈反应的地方。加斯东·巴什拉（Gaston Bachelard）在《空间的诗学》（*The Poetics of Space,* 1969）中指出，场所分析是对精神分析（psychoanalysis）的必要补充。

乌托邦（utopia）：由托马斯·莫尔（Thomas More）创造的词，作为其小说中理想社会的名称。该词的希腊词源具有双关意：既有"不存在的地方"（*ou-topos*指"no place"）之意，又有"好地方"（*eu-topos*指"good place"）的意思。

寻路（wayfinding）：在凯文·林奇的《城市意象》中，寻路指的是城市居民以地标或边界来确定方位，从而探寻城市空间的行为。

参考书目

Adorno, Theodor W., and Max Horkheimer (1987) *Dialectic of Enlightenment*, New York: Continuum.

Althusser, Louis (1971) "Ideology and Ideological State Apparatuses," in *Lenin and Philosophy and Other Essays*, trans. Ben Brewster, New York: Monthly Review Press.

Anderson, Benedict (1991) *Imagined Communities: Reflections on the Origin and Spread of Nationalism*, rev. ed., London: Verso.

Anderson, Perry (1998) *The Origins of Postmodernity*, London: Verso.

Argan, Giulio Carlos (1964) *The Europe of the Capitals, 1600—1700*, Geneva: Albert Skira.

Auerbach, Erich (1953) *Mimesis: The Representation of Reality in Western Literature*, trans. Willard R. Trask, Princeton: Princeton University Press.

— (1969) "Philology and *Weltliteratur*," trans. M. and E.W. Said, *Centennial Review* 13 (Winter), 1—17.

— (2001) *Dante: Poet of the Secular World*, trans. Ralph Manheim, New York: New York Review of Books.

Bachelard, Gaston (1969) *The Poetics of Space*, trans. Maria Jolas, Boston: Beacon Press.

Bakhtin, Mikhail (1981) *The Dialogic Imaginations: Four Essays*, ed. and trans. Caryl Emerson and Michael Holquist, Austin, TX: University of Texas Press.

— (1984) *Rabelais and His World*, trans. Hélène Iswolsky, Bloomington, IN: Indiana University Press.

Bakhtin, M.M. and Medvedev, P.N. (1978) *The Formal Method of Literary Scholarship*, trans. Albert J. Wehrle, Baltimore: Johns Hopkins University Press.

Baudelaire, Charles (1964) "The Painter of Modern Life," in *The Painter of Modern Life and Other Essays*, trans. and ed. Jonathan Mayne, London: Phaidon Press, 1—40.

Benjamin, Walter (1969) "On Some Motifs in Baudelaire," in *Illuminations*, trans. Harry Zohn, New York: Schocken Books, 155—200.

— (1978) "A Berlin Chronicle," in *Reflections*, trans. Edmund Jephcott, New York: Harcourt, Brace, Jovanovich, 3—60.

— (1999) *The Arcades Project*, trans. Howard Eiland and Kevin McLaughlin, Cambridge, MA: Harvard University Press.

Berger, John (1977) *Ways of Seeing*, New York: Penguin.

Berman, Marshall (1982) *All That Is Solid Melts into Air: The Experience of Modernity*, New York: Penguin.

Bhabha, Homi, ed. (1990) *Nation and Narration*, London: Routledge.

Bonta, Mark, and John Protevi (2004) *Deleuze and Geophilosophy: A Guide and Glossary*, Edinburgh: University of Edinburgh Press.

Borges, Jorge Luis (1999) "Of Exactitude in Science," in *Collected Fictions*, trans. Andrew Hurley, New York: Penguin.

Braidotti, Rosi (2011) *Nomadic Subjects: Embodiment and Sexual Difference in Contemporary Feminist Theory*, Second ed., New York: Columbia University Press.

Braudel, Fernand (1972) *The Mediterranean and the Mediterranean World in the Age of Phillip II*, trans. S. Reynolds, New York: Harper & Row.

Brown, Bill (2005) "The Dark Wood of Postmodernity (Space, Faith, Allegory)," *PMLA* 120.3, 734—750.

Buchanan, Ian, and Gregg Lambert, eds. (2005) *Deleuze and Space*, Edinburgh: Edinburgh University Press.

Buck-Morss, Susan (1990) *The Dialectics of Seeing: Walter Benjamin and the Arcades Project*, Cambridge, MA: MIT Press.

Budgen, Frank (1989) *James Joyce and the Making of* Ulysses*, and Other Writings*, ed. Clive Hart, Oxford: Oxford University Press.

Calvino, Italo (1974) *Invisible Cities*, trans. William Weaver, New York: Harcourt.

— (2004) *Hermit in Paris: Autobiographical Writings*, trans. Jonathan Cape, New York: Vintage.

Canguillem, Georges (1991) *The Normal and the Pathological*, trans. Carolyn R. Fawcett, New York: Zone Books.

Carpenter, Humphrey, ed. (2000) *The Letters of J.R.R. Tolkien*, Boston: Houghton Mifflin.

Carroll, Lewis (1893) *Sylvie and Bruno Concluded*, London: Macmillan.

Carter, Paul (1987) *The Road to Botany Bay: An Essay in Spatial History*, London: Faber and Faber.

Conley, Tom (1996) *The Self-Made Map: Cartographic Writing in Early Modern France*, Minneapolis, MN: University of Minnesota Press.

Conrad, Joseph (1921) "Geography and Some Explorers," in *Last Essays*, London: J.M. Dent, 1—31.

— (1969) *Heart of Darkness*, New York: Bantam.

Cosgrove, Denis, ed. (1999) *Mappings*, London: Reaktion Books.

Dante (1984) *The Divine Comedy, Vol. I: Inferno*, trans. Mark Musa, New York: Penguin.

Davis, Mike (1990) *City of Quartz: Excavating the Future in Los Angeles*, London: Verso.

Dear, Michael, Jim Ketchum, Sarah Luria, and Douglas Richardson (2011) *GeoHumanties: Art, History, Text at the Edge of Place*, London: Routledge.

de Certeau, Michel (1984) *The Practice of Everyday Life*, trans.

Steven Randall, Berkeley, CA: University of California Press.

Deleuze, Gilles (1977) "Nomad Thought," trans. David Allison, *The New Nietzsche*, ed. David Allison, Cambridge, MA: MIT Press, 142—149.

— *Foucault* (1988) trans. Séan Hand, Minneapolis, MN: University of Minnesota Press.

— (1994) *Difference and Repetition*, trans. Paul Patton, New York: Columbia University Press.

Deleuze, Gilles, and Félix Guattari (1980) *Anti-Oedipus*, trans. Mark Seem et al., Minneapolis, MN: University of Minnesota Press.

— (1987) *A Thousand Plateaus*, trans. Brian Massumi, Minneapolis, MN: University of Minnesota Press.

— (1994) *What Is Philosophy?*, trans. Hugh Tomlinson and Graham Burchell, New York: Columbia University Press.

Deleuze, Gilles, and Claire Parnet, *Dialogues* (1987), trans. Hugh Tomlinson and Barbara Habberjam, New York: Columbia University Press.

Descartes, René (1996) *Meditations on First Philosophy*, ed. J. Cottingham, Cambridge: Cambridge University Press.

Domosh, Mona, and Joni Saeger (2001) *Putting Women in Place: Feminist Geographers Make Sense of the World*, New York: Guilford Press.

Eco, Umberto (1994) *Six Walks in the Fictional Woods*, Cambridge,

MA: Harvard University Press.

Edgerton, Samuel Y. (1975) *The Renaissance Rediscovery of Linear Perspective*, New York: Harper and Row.

— (2009) *The Mirror, the Window, and the Telescope: How Renaissance Linear Perspective Changed Our Vision of the Universe*, Ithaca, NY: Cornell University Press.

Edson, Evelyn (2007) *The World Map, 1300—1942: The Persistence of Tradition and Transformation*, Baltimore: Johns Hopkins University Press.

Foucault, Michel (1965) *Madness and Civilization: A History of Insanity in the Age of Reason*, trans. Richard Howard, New York: Vintage.

— (1970) *The Order of Things: An Archaeology of the Human Sciences*, trans. anon., New York: Vintage.

— (1973) *The Birth of the Clinic: An Archaeology of Medical Perception*, trans. A.M. Sheridan Smith, New York: Vintage.

— (1977) *Discipline and Punish: The Birth of the Prison*, trans. Alan Sheridan, New York: Vintage.

— (1978) *The History of Sexuality, Volume I: An Introduction*, trans. Robert Hurley, New York: Vintage.

— (1980a) "The Eye of Power," in *Power/Knowledge: Selected Interviews and Other Writings, 1972—1977*, ed. Colin Gordon, New York: Pantheon, 146—165.

— (1980b) "Questions on Geography," in *Power/Knowledge: Selected Interviews and Other Writings, 1972—1977*, ed. Colin Gordon, New York: Pantheon, 63—77.

— (1982) "Space, Knowledge, and Power," in *The Foucault Reader*, ed. Paul Rabinow, New York: Pantheon, 239—256.

— (1986) "Of Other Spaces," trans. Jay Miskowiec, *Diacritics* 16 (Spring), 22—27.

— (2006) *History of Madness*, trans. Jean Khalfa, London: Routledge.

Frank, Joseph (1991) *The Idea of Spatial Form*, New Brunswick, NJ: Rutgers University Press.

Freud, Sigmund, and Josef Breuer (2004) *Studies in Hysteria* [1895], trans. N. Luckhurst, New York: Penguin.

Friedrich, Carl J. (1952) *The Age of the Baroque, 1610—1660*, New York: Harper and Row.

Frow, John (2006) *Genre*, London: Routledge.

Gaiman, Neil (2006) *Fragile Things: Short Fictions and Wonders*, New York: HarperCollins.

Ganser, Alexandra (2009) *Roads of Her Own: Gendered Space and Mobility in American Women's Road Narratives, 1970—2000*, Amsterdam: Rodopi.

Goldstein, Leonard (1988) *The Social and Cultural Roots of Linear Perspective*, Minneapolis, MN: MEP Publications.

Gramsci, Antonio (1971) *Selections from the Prison Notebooks*, eds.

and trans. Quentin Hoare and Geoffrey Nowell Smith, New York: International Publishers.

Gregory, Derek (1994) *Geographical Imaginations*, Oxford: Blackwell.

Grosz, Elizabeth (1995) *Space, Time, and Perversion: Essays on the Politics of Bodies*, London: Routledge.

Harley, J.B. (2001) *The New Nature of Maps: Essays in the History of Cartography*, ed. P. Laxon, Baltimore, MD: Johns Hopkins University Press.

Hartog, François (1988) *The Mirror of Herodotus: The Representation of the Other in the Writing of History*, trans. Janet Lloyd, Berkeley: University of California Press.

Harvey, David (1990) *The Condition of Postmodernity: An Enquiry into the Origins of Cultural Change*, Oxford: Blackwell.

Hassan, Ihab (1987) *The Postmodern Turn: Essays on Postmodern Theory and Culture*, Columbus, OH: Ohio State University Press.

Hegel, G.W.F. (1967) *Hegel's Philosophy of Right*, trans. T.M. Knox, Oxford: Oxford University Press.

Heidegger, Martin (1962) *Being and Time*, trans. John Macquarrie and Edward Robinson, New York: Harper and Row.

Hume, Kathryn (1984) *Fantasy and Mimesis: Responses to Reality in Western Literature*, New York: Methuen.

Jameson, Fredric (1971) *Marxism and Form: Twentieth-Century*

Dialectical Theories of Literature, Princeton: Princeton University Press.

— (1981) *The Political Unconscious: Narrative as a Socially Symbolic Act*, Ithaca, NY: Cornell University Press.

— (1991) *Postmodernism, or, the Cultural Logic of Late Capitalism*, Durham, NC: Duke University Press.

— (1992a) *The Geopolitical Aesthetic: Cinema and Space in the World System*, Indianapolis, IN, and London: Indiana University Press and the British Film Institute.

— (1992b) *Signatures of the Visible*, London: Routledge.

— (1994) *The Seeds of Time*, New York: Columbia University Press.

— (1998) *The Cultural Turn*, London: Verso.

— (2005) *Archaeologies of the Future: The Desire Called Utopia and Other Science Fictions*, London: Verso.

— (2009) *Valences of the Dialectic*, London: Verso.

Kant, Immanuel (1992) *Theoretical Philosophy, 1855—1870*, trans. D. Walford and R. Meerbote, Cambridge: Cambridge University Press.

— (1963) "What is Enlightenment?," in *On History*, ed. and trans. Lewis White Beck, Indianapolis, IN: Bobbs-Merrill Company, 3—10.

Kermode, Frank (1967) *The Sense of an Ending: Studies in the Theory of Fiction*, Oxford: Oxford University Press.

Kestner, Joseph A. (1978) *The Spatiality of the Novel*, Detroit: Wayne State University Press.

Lawrence, D.H. (1961) *Studies in Classic American Literature*, New York: Vintage.

Lefebvre, Henri (1991) *The Production of Space*, trans. Donald Nicholson-Smith, Oxford: Blackwell.

Lofland, Lyn H. (1973) *A World of Strangers: Order and Action in Urban Public Space*. New York: Basic Books.

Lukács, Georg (1971) *The Theory of the Novel,* trans. Anna Bostock, Cambridge, MA: The MIT Press.

Lynch, Kevin (1960) *The Image of the City*, Cambridge, MA: MIT Press.

Lyotard, Jean-François (1984) *The Postmodern Condition: A Report on Knowledge*, trans. Geoff Bennington and Brian Massumi, Minneapolis, MN: University of Minnesota Press.

MacCabe, Colin (1992) "Preface," in Fredric Jameson, *The Geopolitical Aesthetic: Cinema and Space in the World System*, Indianapolis, IN, and London: Indiana University Press and the British Film Institute, ix—xvi.

Macherey, Pierre, and Etienne Balibar (1981) "Literature as an Ideological Form," *Praxis* 5, 43—58.

Marcuse, Herbert (1966) *Eros and Civilization*, Boston: Beacon Press.

Marin, Louis (1984) *Utopics: The Semiological Play of Textual Spaces*, trans. Robert A. Vollrath, Atlantic Highlands, NJ:

Humanities Press International.

Marx, Karl (1963) *The Eighteenth Brumaire of Louis Bonaparte*, trans. anon., New York: International Publishers.

Marx, Karl, and Friedrich Engels (1998) *The Communist Manifesto*, trans. anon., New York: Signet.

Massey, Doreen (1994) *Space, Place, and Gender*, Minneapolis, MN: University of Minnesota Press.

Mather, Cotton (1862) *The Wonders of the Invisible World*, London: John Russell Smith.

Melville, Herman (1988) *Moby-Dick, or, The Whale*, eds. Harrison Hayford, Hershel Parker, and G. Thomas Tanselle, Evanston and Chicago: Northwestern University Press and the Newberry Library.

Miéville, China (2002) "Editorial Introduction," *Symposium: Marxism and Fantasy*, in *Historical Materialism* 10.4, 39—49.

Mitchell, Peta (2008) *Cartographic Strategies of Postmodernity: The Figure of the Map in Contemporary Theory and Fiction*, London: Routledge.

— (2011) "'The stratified record upon which we set out feet': The Spatial Turn and the Multi-Layering of History, Geography, and Geology," in Dear, et al., *GeoHumanties*, 71—83.

Monmonier, Mark (1991) *How to Lie with Maps*, Chicago: University of Chicago Press.

Moretti, Franco (1983) "The Soul and the Harpy," trans. by David Forgacs, in *Signs Taken for Wonders: On the Sociology of Literary Forms*, London: Verso, 1—41.

— (1996) *Modern Epic: The World-System from Goethe to García Márquez*, trans. Quentin Hoare, London: Verso.

— (1998) *Atlas of the European Novel, 1800—1900*, London: Verso.

— (2000a) "Conjectures on World Literature," *New Left Review* 1 (January–February), 54—68.

— (2000b) "The Slaughterhouse of Literature," *Modern Language Quarterly* 61.1 (March), 207—227.

— (2005) *Graphs, Maps, Trees: Abstract Models for a Literary History*, London: Verso.

— (2006) *The Novel*, 2 vols., ed. Franco Moretti, Princeton: Princeton University Press.

Mumford, Lewis (1938) *The Culture of Cities*, New York: Harcourt, Brace, and Co.

Olson, Charles (1973) "Notes for the Proposition: Man is Prospective," *Boundary 2: A Journal of Post-Modernism* 2:1/2 (Autumn), 1—6.

Padrón, Ricardo (2004) *The Spacious Word: Cartography, Literature, and Empire in Early Modern Spain*, Chicago: University of Chicago Press.

— (2007) "Mapping Imaginary Worlds," in *Maps: Finding Our Place in the World*, ed. James R. Akerman and Robert W. Karrow Jr., Chicago: University of Chicago Press.

Perec, Georges (2010) *An Attempt at Exhausting a Place in Paris*, trans. Marc Lowenthal, Cambridge, MA: Wakefield Press.

Piatti, Barbara (2008) *Die Geographie der Literatur: Schauplätze, Handlungsräume, Raumphantasien*, Göttingen: Wallstein Verlag.

Pynchon, Thomas (1966) *The Crying of Lot 49*, New York: Harper and Row.

Rabasa, José (1993) *Inventing America: Spanish Historiography and the Formation of Eurocentrism*, Norman, OK: University of Oklahoma Press.

Ray, Christopher (1991) *Time, Space, and Philosophy*, London: Routledge.

Rodaway, Paul (1994) *Sensuous Geographies: Body, Sense, and Place*, London: Routledge.

Rose, Gillian (1993) *Feminism and Geography: The Limits of Geographical Knowledge*, Minneapolis, MN: University of Minnesota Press.

Ross, Kirsten (1988) *The Emergence of Social Space: Rimbaud and the Paris Commune*, Minneapolis, MN: University of Minnesota Press.

Russell, Bertrand (2004) *The History of Western Philosophy*, London: Routledge.

Said, Edward (1978) *Orientalism*, New York: Vintage.

— (1993) *Culture and Imperialism*, New York: Knopf.

Sartre, Jean-Paul (1956) *Being and Nothingness: A Phenomenological Essay on Ontology*, trans. Hazel E. Barnes, New York: Washington Square Press.

— (2007) *Existentialism Is a Humanism*, trans. Carol Macomber, New Haven: Yale University Press.

— (2004) *The Imaginary: A Phenomenological Psychology of the Imagination*, trans. Jonathan Webber, London: Routledge.

Sassen, Saskia (1991) *The Global City: New York, London, Tokyo*, Princeton: Princeton University Press.

Shippey, Tom (2003) *The Road to Middle-earth*, Boston: Houghton Mifflin.

Simmel, Georg (1950) "The Metropolis and Mental Life," in *The Sociology of Georg Simmel*, trans. and ed. Kurt H. Wolff, New York: The Free Press, 409—424.

Soja, Edward W. (1989) *Postmodern Geographies: The Reassertion of Space in Critical Social Theory*, London: Verso.

— (1996) *Thirdspace: Journeys to Los Angeles and Other Real-and-Imagined Places*, Oxford: Blackwell.

Sontag, Susan (1977) *On Photography*, New York: Farrar, Strauss, and Giroux.

Steiner, George (1976) *Extraterritorial: Papers on Literature and the Language of Revolution*, New York: Atheneum.

Tally, Robert T. (1996) "Jameson's Project of Cognitive Mapping: A Critical Engagement," in Rolland G. Paulston, ed., *Social Cartography: Mapping Ways of Seeing Social and Educational Change*, New York: Garland, 399—416.

— (2009) *Melville, Mapping and Globalization: Literary Cartography in the American Baroque Writer*, London: Continuum.

—, ed. (2011) *Geocritical Explorations: Space, Place, and Mapping in Literary and Cultural Studies*, New York: Palgrave Macmillan.

Tolkien, J.R.R. (2001) *Tree and Leaf*, New York: HarperCollins.

Tuan, Yi-Fu (1977) *Space and Place: The Perspective of Experience*, Minneapolis, MN: University of Minnesota Press.

Turchi, Peter (2004) *Maps of the Imagination: The Writer as Cartographer*, San Antonio, TX: Trinity University Press.

Wallerstein, Immanuel (1974) *The Modern World-System*. 3 vols. New York: Academic Press.

Wegner, Phillip E. (2002a) *Imaginary Communities: Utopia, the Nation, and the Spatial Histories of Modernity*, Berkeley, CA: University of California Press.

— (2002b) "Spatial Criticism: Critical Geography, Space, Place, and Textuality," in *Introducing Criticism at the 21st Century*, ed. Julian Wolfreys, Edinburgh: Edinburgh University Press, 179—201.

— (2009) *Life Between Two Deaths: U.S. Culture in the Long Nineties*, Durham, NC: Duke University Press.

Westphal, Bertrand (2011) *Geocriticism: Real and Fictional Spaces*, trans. R. Tally, New York: Palgrave Macmillan.

Wilde, Oscar (2001) "The Soul of Man Under Socialism," in *The Soul of Man Under Socialism and Selected Critical Prose*, ed. Linda Dowling, New York: Penguin.

Williams, Raymond (1973) *The Country and the City*, Oxford: Oxford University Press.

— (1976) *Keywords*, Oxford: Oxford University Press.

— (1977) *Marxism and Literature*, Oxford: Oxford University Press.

— (1981) *Politics and Letters: Interviews with* New Left Review, London: Verso.

Wolf, Eric R. (1997) *Europe and the People Without History*, Berkeley, CA: University of California Press.

Wood, Denis (1992) *The Power of Maps*, New York: Guilford Press.

Woolf, Virginia (1977) "Literary Geography," in *Books and Portraits: Some Further Selections from the Literary and Biographical Writings of Virginia Woolf*, ed. Mary Lyon, New York: Harcourt, Brace, Jovanovitch, 158—161.

译后记

罗伯特·塔利是我的好友,也是学术上的同道中人。我们有许多共同的学术兴趣,并在一些方面有相似的观点(和偏好)。能翻译他的书,我发自内心地感到欢喜和荣幸。

塔利教授是我在得克萨斯州立大学访学时的合作导师。2017年我准备出国访学,幸得尚必武教授提供信息,我了解到塔利教授的研究方向与我十分接近。互通几封邮件之后,顿生相见恨晚之意。访学过程十分愉快,彼此都有不小的收获,并萌生了今后在文学空间研究及相关领域继续合作的意向。因此,当了解到中国打算译介塔利的《空间性》一书时,我非常愉快地承担了这项任务。

塔利于1986—1990年就读于杜克大学哲学系,师从弗雷德里克·詹姆逊并深受其影响;分别于1993年和1999年获匹兹堡大学文学硕士和博士学位;现为得克萨斯州立大学英语系教授、国家人文基金杰出教授(NEH Distinguished Teaching Professor)。到目前为止已出版《处所意识:地方、叙事和空间想象》(*Topophrenia: Place, Narrative, and the Spatial Imagination*, 2019)、《弗雷德里克·詹姆逊:辩证批评工程》(*Fredric Jameson: The Project of Dialectical Criticism*, 2014)、《空间性》

（*Spatiality*, 2013）、《全球化时代的乌托邦：空间、表征与世界体系》（*Utopia in the Age of Globalization: Space, Representation, and the World System*, 2013）、《麦尔维尔、绘图与全球化：美国巴洛克作家的文学绘图》（*Melville, Mapping and Globalization: Literary Cartography in the American Baroque Writer*, 2009）等专著；主编《文学空间研究：空间、地理与想象的跨学科进路》（*Spatial Literary Studies: Interdisciplinary Approaches to Space, Geography, and the Imagination*, 2020）、《教授空间、地方与文学》（*Teaching Space, Place, and Literature*, 2018）、《生态批评与地理批评：环境研究与文学空间研究的重叠地带》（*Ecocriticism and Geocriticism: Overlapping Territories in Environmental and Spatial Literary Studies*, 2016）、《劳特利奇文学与空间指南》（*The Routledge Handbook of Literature and Space*, 2017）等，其中《劳特利奇文学与空间指南》可谓文学空间研究领域的标志性成果；参与撰写了三十多部图书，发表各类文章数十篇，并翻译了法国著名哲学家贝特朗·韦斯特法尔的《地理批评：真实与虚构的空间》。此外，塔利还担任麦克米伦出版社"地理批评与文学空间研究"系列丛书（"Geocriticism and Spatial Literary Studies Series"）主编。可以说，塔利已成为美国乃至全世界文学空间理论与批评的领军人物。

　　塔利的学术兴趣颇为广泛：文学空间理论、地理批评、马克思主义文学理论与批评、美国19世纪文学、美国当代文学与文化批评等，但主要是其关于文学空间研究的学术思考。这方面的探索既有体系研究，又有其发展和完善过程研究，并仍处于不断丰富和创新中。他的研究，无论是作家作品分析还是理论探索或文化批评，始终围绕着"空间""地方""地图绘制""文学绘图""地理批评"等关键概念，试图从写作、阅读、思考、存在等不同层面探索人与空间的关系，或者说，绘制出真实与想象、物理与心理、常规与他性空间的文学地图。塔利对文学空间研究的兴趣可追溯到20世纪80年代，当时他还是杜克大学哲学系学生，对空间理论和地理问题十分着迷，开始思考空间与文学的关系，而这奠定了他后来博士论文《美国的巴洛克：麦尔维尔与世界体系的文学绘图》（"American Baroque: Melville and the Literary Cartography of the World System", 1999）的研究方向。此后，塔利逐步发展了"处所意识"①"文学绘图""文学地理""地理批评"和"制图学"等概念。这几个概念及相关探索构成了塔利文学空间研究的主要领域，并形成了一个自洽的理论体系：存在（处所意识）—写作（文学绘图）—文本（文学地理）—批评（地理批评）—理论化（制图学）②。塔利最重要的理论创新在于"文学绘图"概念的提出。塔利认为，文学作品能表征社会空间和主体所在的世界，因此具有一种类似地图绘制的功能（cartographic function），而这，就是文学绘图。在他看来，文学是一种绘图形式，所有文学作品都在一定程度上

---

① 关于"处所意识"的讨论详见其2019年出版的《处所意识：地方、叙事和空间想象》（Robert T. Tally Jr., *Topophrenia: Place, Narrative, and the Spatial Imagination,* Bloomington: Indiana University Press, 2019）。

② 塔利本人此前没有撰文对此展开详细论述；这个框架的提出和成型，是我2017年跟随塔利做访问学者期间塔利与我反复讨论的结果，后来又多次邮件交流并不断完善。

以某种方式参与了文学绘图工程。塔利的文学绘图理论结合了弗雷德里克·詹姆逊的认知绘图,韦斯特法尔的地理批评(La Géocritique),吉尔·德勒兹的地理哲学,亨利·列斐伏尔关于物理空间、精神空间和社会空间的区分,以及段义孚关于"地方"的阐释性特质的论断;是以地图绘制喻指文学写作,尤其是通过"叙事"完成的创造性表征,揭示了写作等文学活动乃绘制主体与更宏大的时空整体的关系,并探究文学如何表征并建构这一整体性。本质而言,塔利是从形而上的本体论层面对写作等文学活动做出了全新的诠释,揭示了空间与存在和文学活动之间紧密而必然的联系。①"文学绘图"概念,以及塔利的整个文学空间研究,既是空间转向之后文学研究和文化批评的一部分,又是对空间意义和空间性问题的反思,也是对文学空间性,尤其是对叙事空间性的重新思考。

《空间性》一书立足文学研究与文化批评,梳理了西方人文社科领域中的重要空间性概念和理论研究,并清晰地展示了这一研究的图谱。借用塔利思想体系中的两个核心概念,这本书是一份关于空间性理论的"绘图",也是一份文学空间研究的"地图"。塔利很谦虚,他坚称这本书主要是介绍性的,只在结论部分提出了一些原创性观点。但是,在我看来,该书的框架本身隐含了作者的观点和创新。作者从人类存在,尤其是现代人的空间焦虑入手(这里已经隐含了他后来提出的"处所意识"概念),提出地图的重要性,接着详细回顾了文学与理论研究的空间转

---

① 详见方英:《文学绘图:文学空间研究与叙事学的重叠地带》,《外国文学研究》,2020年第2期,第39—51页。

向,并在这个大背景下讨论关于空间性的各种理论研究。塔利指出,在比喻意义上,作者的写作是一次"文学绘图",是对人类所处世界的绘制、投射和再现;如同绘制地图一样,这是呈现作者所想象的自己所在世界的样子,以便自己更好地理解这个世界,并在这个空间中"巡航"。塔利将读者的阅读称为"文学地理",认为读者对文学作品的不同解读方式会投射出不同的"地理空间"。顺着塔利的思路,我的理解是,阅读也是一次"绘图",是对文本世界和作者想象空间的(再)绘图。而在更广泛的文化批评和空间人文科学领域,塔利借用韦斯特法尔的"地理批评"术语统称各种以空间为导向的批评研究和空间理论,这也意味着以地理(空间和地方)为研究的中心和观察的视角。这一"存在—写作—阅读—思考"的理论架构,其本身就具有理论价值和启发意义。此外,对相关理论梳理和组织的过程,也体现了塔利如何看待"空间性"这个概念,如何理解相关理论的各自价值和彼此之间的相互关联。可以说,塔利的许多观点,都隐含于对这些理论和思想的整理与评价中。由于塔利特地为本书的中文版作序,清晰地介绍了全书的构思和每一章的主要内容,因此,我对此不再赘言。

《空间性》引进中国可谓恰逢其时。西方人文社科领域的空间转向之后,许多学者开始提出并从事一种"文学空间研究"。"此研究借鉴哲学社科领域的各种空间理论、人文地理学的研究成果与方法,研究文学世界中与空间、地方、地理等相关的现象;或以'空间性'概念为切入点,探究在空间视角下的作品主题、人物活动、权力关系、意识形态等问题;以及文化批评中对空间性问题的研究。"① 空间转向之后的"空间批评""地理批评""文学地理学""文学绘图""空间叙事研究"等都可纳入"文学空间研究"的范畴。受此影响，21世纪以来，中国学术界对空间、空间性、空间问题、地理批评等话题的研究热度呈上升趋势，并在以下研究领域取得了引人注目的成果。一方面，关于西方相关理论、方法和研究成果的引介、梳理、研究与本土化，这几个过程既是逐渐深入，又是互相交织的，主要可分为以下几点。其一，与文学研究相关的空间理论，如关于列斐伏尔、爱德华·苏贾、戴维·哈维、吉尔·德勒兹、米歇尔·福柯、弗雷德里克·詹姆逊、段义孚等人的相关理论的译介和研究；其二，关于文学与地理的交叉领域，其中涉及对文化地理学、文学地理学、地理批评的译介和研究等；其三，与"地图""文学地图""地图绘制"相关的研究；其四，借鉴西方相关理论对特定文学现象（如流动性问题）、特定文类（如旅行叙事、公路叙事）、特定作家或作品的研究。另一方面，对中国理论和批评话语的探索与建构，主要涉及以下几点：其一，文学地理学话语建构与理论重构；其二，关于空间叙事的研究；其三，空间美学研究；其四，关于（文学）空间批评的理论建构与实践探索。② 相信《空间性》中文版的出版能为中国的文学空间研究带来新启示，激起更多话题与讨论。

---

① 方英：《空间转向与外国文学教学中地图的使用》，《宁波大学学报（教育科学版）》，2018年第3期，第107页。

② 详见方英：《文学空间研究：地方、绘图、空间性》，朱立元主编，《美学与艺术评论》（总第19辑），太原：山西教育出版社，2019年，第56—72页。

近年来，中国学者与塔利的学术交流与合作逐渐深入。如2017年3月塔利赴南开大学参加学术交流；2019年11月塔利参加了宁波大学"第三届海洋文学与文化学术研讨会"，发表了题为"作为航海图的海洋叙事：文学绘图与海洋空间"的主旨演讲，并依次赴浙江工业大学、浙江大学、上海交通大学和复旦大学做学术讲座与学术对话。塔利的文章也陆续在中国发表，如《作为航海图的海洋叙事：论海洋空间的文学绘图》（"Sea Narratives as Nautical Charts: On the Literary Cartography of Oceanic Spaces"）发表于《外国文学研究》2020年第2期，《文学空间研究：起源、发展和前景》（方英译）发表于《复旦学报》2020年第6期。值得一提的是，塔利与我合编的《文学空间研究在中国》（Spatial Literary Studies in China）的出版计划已获得麦克米伦出版社批准，共收入18篇相关文章，将于2021年出版。

我于2016年读到《空间性》这本书，当时感到强烈的共鸣和喜爱。2017年开始翻译，我则体验到完全不同的情感经历。读一本自己感兴趣的书，往往如沐春风，常有惊喜和收获；而翻译这本书，却常常备受煎熬，痛恨两种语言的巨大差异和自己语言能力的巨大欠缺，却也常有收获与惊喜。翻译的过程中，我在这许多复杂的情绪中起伏，或许这正是翻译工作最有趣的体验吧。尽管经历着各种情绪的考验，但对待翻译工作，我始终怀着一份对学术的敬畏、对空间理论的热爱和对友谊的热忱。翻译该书的这些日子里，我时常满怀焦虑，惴惴不安，对语言中的不可译性颇为抓狂和绝望。书中有大量文学、地理学、社会学乃至哲学的术语，难以一一吃透，更无法通读该书引用的所有著作。因而，我深深地感到，想要呈现一份完美的译文，是一项不可能完成的任务，却又应该始终将其作为梦想和目标去追求。所幸，对于翻译中的疑问，可以随时与作者本人沟通，深入了解他的思想，了解他使用某个词汇、句子或段落想要表达的意思，并询问他对于译文的看法和要求。就翻译原则而言，在追求准确性、清晰性和学术性的基础上，我尽量忠于原著的语言风格、原文的句法结构和逻辑顺序等。这样翻译有如下考虑：我始终认为，语言的句法、结构、顺序、逻辑等因素体现了作者的思考过程、思维方式和写作特点，因而，对理论性著作的翻译，应尽量忠于这些语言因素以"如实"呈现作者的思维特色。因此，译文中常有拗口的表达、欧化的句子结构，并常常以破折号处理原文中过长的从句或插入成分，目的是为了尽量保持原文中意群之间的顺序。由于本人水平所限，译文中难免有这样或那样的错误和偏差。凡此种种，恳请读者批评和指正。

  这本译著能得以完成和出版，需要感谢许多人。首先要感谢河南大学程小娟老师，她的热心促成了我与这本书的缘分。还要感谢河南大学出版社的杨全强老师，他的和善耐心和专业素养给我留下了深刻印象。尤其是，当他得知（由于种种原因）这本书无法在合同期内在河南大学出版社出版，便主动提出终止与劳特利奇出版社的合同。我更要感谢北京大学出版社，尤其是张冰和刘爽老师，她们以令人敬佩的效率和对学术的敬意，帮助我完成了出版《空间性》的心愿。张老师的亲切温和、快人快语、对学术后辈的体贴关怀已成为翻译这本书的愉快记忆。这本书的出版也离不开上海大学曾军教授的关心。在此，对曾老师致以深深的谢意，感谢他将《空间性》纳入由他主编的"未名译库·当代西方学术前沿丛书"。还要感谢我的（前）同事张文涛老师，他有着多年的翻译研究与实践经验，就《空间性》的翻译提出了不少有益的建议。本书的校对工作要感谢我在宁波大学的几位研究生：管明伟、王春晖、林艳、郑晨怡、韩升和廖青云，他们就格式、标点、术语翻译的前后一致等方面给予我很大帮助。

我还要感谢朋友们的精神支持，尤其感谢毛智慧、吴燕飞和王军这三位好友。本书的翻译过程正值我情绪的低谷。或许是中年危机，感伤许多梦想永远无法实现；或许是不惑之年，反倒失去了年轻时的憧憬与激情，而且莫名地生出许多形而上的痛苦，几乎每天要思考"To be or not to be"的问题。是他们的倾听、理解和宽慰，让我宣泄了许多忧郁的情绪，令我感受到友谊的温暖和人性的美丽。本书的完成离不开家人的爱。先生不仅理解和支持我的学术工作，并承受着我在翻译过程中的抱怨，还常常就恰当的汉语表达提供建议。儿子很懂事，也很独立，我做翻译时从不打扰，而且遇到学习上的困难总是尽量自己想办法解决。言于此，还要感谢音乐，感谢一些网络音乐平台，这些平台的许多歌曲不仅抚慰我忧郁的内心，而且使我体悟到人生的许多真谛。还要感谢我种的所有植物，照顾它们的过程中，我感受到物的力量，感受到生命的坚韧与神奇，体悟到我们与地方的关系建构需要通过与物的交流和相互敞开。每天收听网络歌曲,每天与这些植物相守,让我明白有时候应该停止思考,单纯地去感受,感受此刻的意义,感受当下的力量。因此,我又重拾前行的勇气。

2018年10月初稿

2021年1月修订稿